ほっといて下さい

～従魔とチートライフ楽しみたい！～

シルバ
魔獣フェンリル。
ミヅキの従魔で
高度な魔法を自在に操る。
ミヅキ命。
シンク
鳳凰《ほうおう》の雛。
ミヅキに命を救われ、
従魔の契約を結ぶ。
ミヅキ
事故で命を落とし、幼女として
転生してしまった。
無自覚チートを発揮しつつ、
異世界ライフを満喫中。
周囲が過保護すぎるのが悩み。
CHARACTERS
登場人物紹介

セバス
副ギルドマスター。
美しきナイスミドル。
腹黒で、怒ると
超絶怖い。
アルフノーヴァ
セバスの師匠。
齢三百歳を
超えるエルフ。
ディムロス
ギルドマスター。
強面だが、懐が深く優しい。
ミヅキには「じいちゃん」と
呼ばせている。
コジロー
短剣使いの忍者。
ギルドでは、ミヅキの
講師を務める。
無口だが愛情深い。
ベイカー
誠実で頼りがいのある
A級冒険者。
ミヅキの保護者で、
彼女には常にデレている。

プロローグ

「うーん」

ズキズキする頭の痛みで目が覚めた。

昨日は勤めている会社の歓迎会だった。

本当はまっすぐ家に帰って、ペットの犬の銀《ぎん》と戯《たわむ》れたかったが、会社の上司に無理やり参加させられて、苛立ち、ヤケクソで酒をたらふく飲んでしまった。

クッソー、調子に乗って飲み過ぎた……うぅぅぅ……どうやって帰って来たのか全然覚えてない。

「じん、じん？」

いつものように愛犬の銀を呼ぶが、思うように言葉が出ない。伸ばした手に触れる感触もいつもの布団の上ではないようだった。

うん？　なんか変だな、床で寝ちゃったのかな？　地面がなんかいつもと違う。

頭を押さえていた手をゆっくり退《ど》けて、目をそぉっと開くと……

「は？」

――目の前に広がるのは綺麗な青い空。周りをぐるっと確認すると、木がうっそうと茂《しげ》っている。

私はいつの間にか森の中にいた。

「は？」

もう一度声を出してみたがやっぱり森だ。

あれ？　ここどこだ？　なんで森なんかで寝てるんだ？　ちょっと落ち着こう！　昨日のことを思いだそう！

土の上で正座し、目を瞑《つむ》り考え込む。

確か、もう歩くのもだるかったのでタクシーに乗って、自宅近くのコンビニまでと頼んだはず。そこでいつもの銀のおやつを買って……

「うっ！」

ズキッと頭が痛み出し、頭を抱える。

そうだ……。外に出て、家に向かおうと角を曲がったら……車のライトが眩《まぶ》しくて目を閉じたなぁ。

私は痛む頭のことはすっかり忘れ、やってしまった……と天を仰《あお》いだ。

あー私……死んだのか。なんかあんまり実感わかないなぁ～。

キョロキョロともう一度周りを見てみるが、普通の森に見える。

「ここ、てんごく？」

本当の天国など知らないが、もう少しいい場所なんじゃないかと夢を見ていた。雲の上にあったりしてふわふわキラキラの世界なのかなぁ……なんて思ってたのに……

もう少し周りを見てみるかと立ち上がろうとして、

「きゃ」

バランスを崩し、おしりからコケてしまう。

あれ？　上手く立てない。

少し格好悪いが前に体重をかけてゆっくり立ち上がる。……なんか景色が低い？

地面を見ると小さい足が見える。

「ありぇ」

なぜか幼児語が口から出てしまい、パッと口を押さえた。

……えっ、えっ？

軽くパニックになりながら自分の手を広げて見つめる。

「ちいさい……」

これは転生ってやつかなぁ……と、軽く現実逃避しながら他人事《ひとごと》のように思ってしまった。

まぁ憧れてたけど、実際なると困ったもんだなぁ。

「しゃて、どうするか……」

可愛い幼児の声がぽつんと森に響いた。

一　従魔

銀はどうしてるだろう……

自分の今の状況も不安だが、それよりも愛犬の銀のことが気になる。

私が帰ってこなくて心配してないかなぁ。早く誰かに見つけてもらって、保護されているといいんだけど……

銀の心配をしながらとりあえず休めそうなところを探し、前に進む。しかし、いくら進んでも景色は一向に変わらない。

どうしよう、どっちに向かえばいいのか全然分からない。ちょっと泣きたくなってきた。

幼児の体に反応してか、鼻の頭がツーンとして涙が出そうになる。

ダメだ。泣いたって誰も助けてくれない！　現実は甘くない、女の涙は全然最強ではないんだ。

私は小さい足を踏ん張って前に歩き出した。

どれくらい歩いただろう。ふとなにかの気配がしてそちらのほうを見てみるが、特になにもなかった。でも、なにか、誰かが呼んでいる気がする。

私は呼ばれている気がする方向に、フラフラと導かれるように歩いて行った。

しばらく進んだけれど、疲れて「もう、限界！」と膝《ひざ》をつきそうになる。顔を上げると、少し先の木々の合間に、光が差し込む場所が見えた。

あっ、少し開けた場所がある！

私は力を振り絞って前に進んだ。

「わぁ～きれい！」

うっそうと茂《しげ》る木々の下を抜けると、そこには小さな湖があり、湖畔《こはん》には色鮮やかな花が咲き誇っていた。最初目覚めた時、ここに寝ていたら天国だと思っただろう。

私はとりあえず湖に近づき、水をすくい上げてパシャッと顔を洗った。

綺麗な水。だけど飲んだらまずいかなぁ。でも、喉《のど》はカラカラで唾《つば》も出ないし……

覚悟を決めて少しだけ口に含むと、冷たい水の甘みが広がった。我慢できずに少し飲み込んでしまう。

「おいちぃ～！」

ぱぁーと笑顔になるほど水は美味《おい》しかった！

すっごい飲みやすい水！　水道水より全然美味《おい》しいわ！

小さい手に水をすくって更にゴクゴクと飲んでいく。喉《のど》が潤《うるお》ってほっとすると、今度はぐぅーっとお腹が鳴った。

「うぅぅ、おなかすいたぁ～」

水に足をつけ、なにか食べられそうなものはないかと周りをキョロキョロと見回すと、草木で陰になっているところに、なにやら黒っぽい塊《かたまり》があるのに気が付いた。

なんだろ……。なぜか妙に気になり怖々と近づいてみる。

「っ！」

私は声が出るのを両手で必死に抑えた。そこには真っ黒な毛並みの、大きな獣が横たわっていたのだ。

犬？　いや、狼？　にしてはデカい。あんな大きな動物見たことない。

私は獣に気付かれないようにそぉっと後ずさりする。しかしまだ小さい体に慣れていないため、トンッと尻もちをついてしまった。

ヤバい！　気付かれる！

私は思わずギュッと目を閉じた……が、なにも起こらない。

恐る恐る目を開けると、黒い獣はその場から動いた気配がなかった。

よかった〜、気が付かなかったみたい。

私はほっとして、音を立てないようにハイハイをしながら木の陰に隠れた。そして獣がいなくなるのを待つことにした。

……全然動かない。

しばらく待ってみたが獣は微動だにせず、目を閉じて蹲《うずくま》ったままだ。

もしかしてもう死んでるのかな？

死体ならちょっと場所を変えてあげようかと思い、そっと近づく。触れるほど近くに来たが、獣はやはり動く気配がなかった。

やっぱり死んじゃってるのかな……。可哀想になりその毛並みを優しく撫《な》でると、微《かす》かに手のひらに温もりを感じた。

――まだ死んでない！

私は急いで周りに落ちている木の葉などを集めて、獣の体を温めた。小さい体を獣にくっつけて、毛をさする。

頑張って！　頑張って！　死んじゃダメだよ、と心の中で必死に祈りながら獣を温める。真っ黒い毛並みが愛犬の銀と重なり、泣きそうになるのを必死に堪《こら》えて、私は「頑張れ！　頑張れ！」と声をかけ続けた。


ペロペロとなにかが顔を舐《な》める感覚で目を覚ました。

いつの間にか眠っていたらしい。私の顔を舐《な》めているのはおそらく銀だろう。いつも朝はこうして起こしてくれるのだ。

「じん、やめてぇ～。くしゅぐったいよ～」

クスクス笑い、銀を撫《な》でながら目を開ける。しかし、目に飛び込んできたのは見慣れた銀ではなく、大きな獣だった。その黒毛は、月の光を浴びてうっすらと銀色に耀《かがや》いている。

「！」

驚きのあまりビクッと体を硬直させ、瞬時に昨日のことを思い出す。どうやら獣を撫《な》でながら寝てしまったようだ。

このまま食べられちゃうのかな……

ドキドキしながらじっとしていると、獣は尻尾をパタパタと振り、相変わらず丹念《たんねん》に顔を舐《な》めてくる。その姿に愛犬の銀が被った。

そぉっと頭を撫《な》でてみるが、嫌がった様子も見せず、むしろ喜んでいるようだ。

「かわいいね」

ニコニコしながら撫《な》でてやる。獣は嬉しげに目を細め、私を大事そうに自分の毛並みの中に引き寄せた。

「ふふふ、くしゅぐったい」

毛がふわふわで顔や体に当たり心地よい。ギュッと抱きつくと、胸の奥でカチッとなにかが引っかかる感じがした。

あれ？　と思い胸をさすっていた、その時——

【待っていた……】

突然、低い声が頭の中に響いた。

ハッと顔を上げると、獣が優しい金の瞳でこちらをじっと見つめていた。

「いま、あなたがしゃべったの？」

獣は私の言葉を肯定するように尻尾を振り、優しい眼差しを注ぐ。

【お互いに惹かれ合い、俺が認めて従魔の契約をした。だからこうして話すことができるのだ】

わけが分からずポカーンとしていると、【嫌だったか……】と耳を垂らし悲しそうな顔をするので、慌てて否定する。

「ちがう、ちがう、いやじゃないよ。びっくりしちゃったの」

そう言ってにっこりと笑いかける。すると、獣は嬉しげに尻尾をパタパタと振った。

なんか尻尾を振るだけで、結構な風圧が出てる気が……尻尾の周り、葉っぱがなくなってるし。

「ううんと、えっと、じゅうまのけいやくって……」

うーん、喋《しゃべ》りづらいなぁ。そう思っていると、頭の中で声が響いた。

【喋《しゃべ》りづらかったら、頭の中で話してごらん】

にっこりと笑って獣がこちらを見つめる。

「あたまのなかでしゃべれるの？」

びっくりしたが落ち着いて息を吐き、さっそく試してみる。

【こんにちは～】

【……なんで挨拶《あいさつ》をする？】

獣が首を傾げる。

【なんとなく？】

年甲斐《としがい》もなく、小さく舌を出しておどけてみせると、獣はピシリと硬直してしまった。それほど酷い顔だったのかと思いズーンと沈むが、気を取り直して尋ねた。

【えっと、まず名前を聞いてもいいかな？　お話しするのに不便だし……私の名前は美月《みづき》って言う

んだけど】

【俺はフェンリル。だがそれは種族の名だ。名前はミヅキがつけて欲しい】

獣は、ハッとしてそう言い、凛《りん》とした姿勢でおすわりをする。その姿まで銀にそっくりだ。

ふいに愛犬の銀を思い出し、目に涙が浮かぶ。すると、フェンリルは慌てて【嫌なら無理にとは……】と、シュンと耳を垂らした。

落ち込んだ様子が可愛らしく、ふふっと笑って頭を撫《な》でてやる。

【ごめんね。嫌なわけじゃないんだよ。前に一緒にいた子を思い出してしまって……あなたがその子にあまりにも似てたから、嬉しいような、悲しいような気持ちになってしまったの】

私の言葉に、フェンリルはほっとして表情を和《やわ》らげた。

【俺に似ているとはどんな奴だったんだ？】

【うーん。一言では言えない大事な家族だった。私がいなくなっても、幸せでいて欲しいんだけど……】

ちょっとだけ笑ってフェンリルを見ると、彼は少しだけ悲しげな笑みを浮かべた。

優しい子だな。本当に銀にそっくり。

私は銀を思い浮かべながら、目の前のフェンリルの名前を考える。

【じゃあ、あなたの名前は……シルバ。私の大事な子と同じ色の名前。あなたのその美しい黒い毛並み、月の光を浴びるとキラキラ銀色に耀《かがや》くから、シルバってどうかな？】

にっこり笑って聞いてみると、フェンリルの体が淡く光ったように見えた。

【俺の名は〝シルバ〟。いい名をありがとう……ミヅキ】

シルバは嬉しそうに頬を擦《す》り寄せた。

◆

なんでこんなことになったんだ……

体が思うように動かせない。

とりあえず安全な場所で体を休めようと、周りの気配を探るが思うようにいかない。フラフラになりながらどうにか進むと、少し開けた場所に水場が見えた。

もう横になりたかったので、俺は草木の陰に体を横たえた。

クソ……なんかモヤモヤする……なにかが足りない！　が、なにが足りないのか分からない。

無性にむしゃくしゃして、気持ちを発散しようと所構わず暴れていたら思わぬ罰を天から与えられ、俺は深い傷を負った。

しかしそんなことはどうでもよかった。もう疲れてしまった。

この満たされぬ思いを抱えたまま生きるのは辛すぎる。このままここで終わろうかと目を閉じていると、不意にフワッといい香りが俺を包んだ。次いで、温かく気持ちいいものが体に触れる。

少しずつ傷ついた体の痛みが引いていく……うっすら目を開けると、目の前で幼子《おさなご》が体に張りつき一生懸命俺をさすってくれていた。

この人を俺は知っている……

なぜか懐かしい気持ちがするが、この幼子《おさなご》に会ったことはないはずだ。しかし、この幼子《おさなご》が触れるたび、ポッカリ空いていた心の隙間が埋まるような感覚がする。

こちらが見ていることにも気付かず、幼子《おさなご》は瞳に涙を溜めて「頑張れ！　頑張れ！」と声をかけ優しく体をさすってくれる。

俺はこの人をずっと待っていたのか。あぁ、この人を守らねば……

なぜかそんな考えが頭を過《よぎ》る。

目を再び閉じると心のモヤモヤは消えて、不思議と幸せな気持ちで満たされていた。


しばらくして、ずっと励ましながら、俺を優しく撫《な》でていた手の動きが鈍くなり、少しして止まってしまった。

目を開けると、幼子《おさなご》は俺に寄りかかるようにして眠っていた。

自分の体を確認するが、スッキリして痛みもない。

……なにかの回復魔法か？

起こさないようにゆっくり動きながら顔を覗くと、柔らかそうな白い肌に、サラサラの黒い髪がかかっている。規則正しく上下する小さい体がやけに愛おしい。

この閉じた瞳はどんな色だろう？　その瞳はなにを映すのか？　俺を見てどう感じるだろうか？

そんなことを考えながら、しばらく飽きることなく見ていたら、長いまつ毛がピクッと動いた。

次いで、眉間にシワが寄る。

シワをなくそうとペロペロと舐《な》めると、幼子《おさなご》はクスクスと笑って「じん、やめてぇ～。くしゅぐったいよ～」と俺を撫《な》でてきた。

嬉しい気持ちが抑えられず、更にペロペロ舐《な》める。

次の瞬間、幼子《おさなご》が瞼《まぶた》を持ち上げ、待ち望んでいた瞳が現れた。黒く澄んだ瞳が俺を映す。

目が合うと、彼女はびっくりしたのか硬直してしまった。

しかし、嬉しさが上回り構わず舐《な》めていると、幼子《おさなご》は恐る恐るこちらに手を伸ばし、また優しく撫《な》でた。

「かわいいね」

可愛い笑顔を向けられ、愛おしさが胸いっぱいに広がり、思わずその体を抱き寄せる。

「ふふふ、くしゅぐったい」

この笑顔をずっと近くで守っていたい。そう強く思うと、俺と彼女の間で『従魔の契約』がなされた。

従魔の契約では、使役者と従魔の魂が結ばれる。これにより、意思の疎通ができ、従魔は使役者の危機を一早く察知《さっち》したり、力が増大したりする。

しかし、この契約は互いの魂が惹かれ合い、認め合わないと結ぶことはできない。

契約がなされた今、幼子《おさなご》も自分を受け入れてくれたと思うと、胸の奥が熱くなった。ずっとこの時を待っていた気がする。

不思議そうに胸をさする幼子《おさなご》に話しかけると、大きい瞳を更にまん丸にした。

「いま、あなたがしゃべったの？」

たどたどしい喋《しゃべ》り方で話しかけてくる。会話できることが凄く嬉しく、ゆっくり頷いた。

お互いに惹かれ合ったので契約ができたこと、それによって会話ができるようになったことを伝えるが反応がない……。望まぬ契約だったのかと寂《さび》しく思っていると、

「ちがう、ちがう、いやじゃないよ。びっくりしちゃったの」

幼子《おさなご》は慌てた顔で首を横に振る。その後も拙《つたな》い言葉で一生懸命に話してくれる。

頭の中で話せると伝えると、今までの拙《つたな》い言葉ではなくしっかりとした挨拶《あいさつ》がかえってきた。

なぜ挨拶《あいさつ》……？

不思議に思い聞いてみると、なんとなくと可愛く首を傾げ、小さな舌をペロッと出した。

あまりの可愛さに思考停止してしまう。これは本格的に守らねば！

まずは結界を張るべきかな、と色々考えていると幼子《おさなご》が話しかけてくる。

幼子《おさなご》の名は『ミヅキ』というらしい。名前を聞くとなぜか懐かしい気持ちが溢れる。

この気持ちはなんなんだろう。ずっと昔からミヅキを知っていたような不思議な感覚だ。そして自分の名前も聞かれる。

今までずっと一人でいて、名前など使うことはなく、種族名のフェンリルと呼ばれることがほとんどだった。

どうせならミヅキにつけて欲しいと頼むと、ミヅキはうっすらと瞳に涙を溜めてしまった。

泣くほど嫌だったのか……

落ち込む俺に、彼女は笑って優しく頭を撫《な》でながら、泣いてしまった訳を話してくれる。

前に一緒にいた子を思い出し泣いてしまったのだと……従魔だろうか？

ミヅキは寂《さび》しげに瞳を揺らしながら、大事な家族だったと言った。そして、俺に名前をくれる。

ミヅキの家族だった奴と同じ名の色、そして俺の光に反射して耀《かがや》く毛並みから『シルバ』と。

知らない奴の名などいつもなら気に食わなく思うだろうが、不思議と嫌ではない。それどころか、昔からその名であったかのように自然と馴染《なじ》んだ。

いい名をありがとう、とミヅキに礼を言う。

そして『銀』。お前の名を受け継ぎ、俺がミヅキを必ず守ると誓おう。

二　魔法

【じゃあ、改めてよろしくね。シルバ！　従魔の契約だけど、なにかルールとかしてはいけないこととかあるの？】

【まぁ細かいことは大丈夫だ。ミヅキに命令されて嫌なことなどないからな。ミヅキは俺の主人だ、なにがあっても必ず守ると誓う】

シルバに聞いてみたら、彼は自信たっぷりに胸を張り答えた。

【うーん、よく分からないけどあんまり無理しないでね。今は一緒にいてくれるだけでも嬉しいよ】

そう言って笑うと、シルバも嬉しそうに尻尾を振る。

【しかしミヅキは見た目は幼子《おさなご》だが、話すと大人のようだな】

【えっ！　だって私、お酒も飲める大人だもん】

私の言葉に、シルバは小首を傾げる。

【人族の細かな年齢は分からぬが、ミヅキの見た目は赤子みたいだぞ】

そういえば手足が小さくなっていたなぁ。水辺に向かい顔を水面に映すと、そこには前世の面影がうっすらある、可愛い女の子が映っていた。

「にゃっ！」

びっくりして思わず声が出てしまう。

【なんか大分可愛く補正されてる……年齢も三、四才かなぁ～。これじゃあ話しづらいわぁ……中身と外見が違うけど……シルバ、本当に契約して大丈夫だった？】

シルバが見た目を基準にして契約したのなら、立派な契約違反になっちゃいそう。

【俺はどんな姿のミヅキでも大丈夫だ。ミヅキの見た目ではなく、魂の部分で惹かれているからな。もちろんその姿も可愛くて好きだがな】

なんてどこぞのイケメンみたいなセリフが飛び出した。

ヤバい！　見た目狼なのにすっごいイケメンに見える！　人だったら間違いなくもてるだろうな。

キザなことをサラッと言うイケメンフェンリルに頬が少し染まるのを感じながら、ありがとうとお礼を言うと、彼は満足そうに頷いていた。

【頭で考えてる分にはスラスラ言葉が出るけど、声に出すと年相応の話し方しかできないみたい】

【その見た目で大人顔負けで話していたら、よからぬ輩《やから》に目をつけられそうだ。年相応の振る舞いをしたほうがいいだろう】

困ったなぁと思っていたが、そう言われるなるほどと頷く。と、その時、

「くぅ～」

お腹から可愛い音が響いた。

あ～そう言えばなにも食べてないな。お腹空いた……

色々あってすっかり忘れていたけれど、気が付いてから水しか口にしてない。意識すると余計にお腹が空いてくる。

【ふふ、腹が減ったのか？　可愛い音だな】

シルバに指摘され、恥ずかしくなり、お腹を押さえて下を向く。すると、鼻先をお腹に近づけて掴まれと言われる。

言われるまま顔にギュッと抱きつくと、ポイッと背に乗せられた。

ふわふわの背は気持ちよくて、思わず頬ずりしてしまう。

【しっかり掴まっていろよ】

そう言うとシルバは走りだした。凄い速さなのだろうが振動も、風圧も感じない。横を流れる景

色だけがみるみるうち変わっていく。

【全然風を感じないし落ちる気配もないね】

【ミヅキの周りに結界を張っているし、障壁魔法もかけている。それに俺がミヅキを落とすわけないだろう】

「まほー！」

魔法と聞いて思わずテンションが上がる。

【魔法があるの？　シルバは魔法が使えるんだ！　凄いね！】

背中をゴワゴワ撫《な》でながら凄い凄いと褒《ほ》めると、シルバは嬉しそうに尻尾を振る。

【他の魔法も使えるぞ……見るか？】

【見たい！　見たい！】

嬉しそうに照れながら聞いてくるシルバに、私は声を弾ませて答える。しばらくして、シルバは小高い崖《がけ》の上で止まった。

【じゃ、行くぞ！　風牙斬《ふうがざん》】

シルバが前脚を振り下ろしながら叫ぶと、突風が鎌鼬《かまいたち》のように前にそびえていた森を抉《えぐ》った。

【えっ……え……えええええええー！　なにあれ！　大分先まで森が抉《えぐ》られてるよ！　シルバ、なにしたの！】

【なにってミヅキが見たがった魔法だぞ。今のは風魔法の風牙斬《ふうがざん》だ。そんなに強くやったつもりはなかったが、ミヅキに見せるのに少し張り切ってしまったな！　それとも、もっと派手なほうがよ

かったか？】

私はぶんぶんと首を振る。もっと凄い魔法もあるんだ……ちょっと怖いな。

とりあえず見せてもらったし、シルバが褒《ほ》めて欲しそうな顔を向けているので思いっきり撫《な》で回す。次はもっと抑えてやってねと忘れずに言っておいた。

少し移動して開けた場所で下ろされる。

少しここで待っていろと言われたので、そこら辺の石に腰掛け待っていると、シルバが果物を咥《くわ》えて戻ってきた。

【ミヅキ、この実は美味《うま》いぞ。食べてみろ】

シルバが持ってきた果実は、見た目が桃みたいだった。

【桃だぁ〜】

私は喜んで受け取り、その匂いを嗅《か》ぐ。するとフワッと桃のいい香りがした。

小さい手で皮を剥《む》きカブっと頬張った瞬間、ジュワッと桃の果汁が溢れた。

あまりの美味《おい》しさに夢中になり、口いっぱいに桃を頬張ってしまう。小さい口の周りは果汁でびちゃびちゃだ。

そんな私を見て、シルバがペロペロと舐《な》めて拭き取ってくれた。

【ありがとう！　シルバも一緒に食べよ】

残りの桃を差し出したが、全部食べろと言われる。しかし、小さい体では一つだけでお腹がいっぱいなのだ。

【お腹いっぱいだからシルバが食べて】

ニコッと笑って、もう一度桃を差し出す。シルバは【そうか？】と言って、尻尾をパタパタさせながら、一口で食べてしまった。腹も膨れたので、今後のことを考える。

【ふー、お腹いっぱい。さてこれからどうすればいいかな？　どっか市とか町とかあるのかな？】

【し……はよく分からんが町や村、都もあるぞ。俺はあまり近づかんが……】

【そっか……都とかは面倒そうだから町とか小さいところがいいかな？　ギルドみたいなのもあるのかな？　従魔がいるなら冒険者や勇者もいそうだけど……そうすれば私と契約してるし、シルバも一緒に行けるよね？】

【ミヅキは本当に大人なのだな……ギルドは確かにある。人族のことはあまり詳しくないが、俺は討伐対象になったから間違いないいな】

【討伐！　なんで⁉】

こんなに優しくてふわふわで可愛いイケメンフェンリルを討伐なんて許せん！　プンプンッと怒っていると、シルバが気まずげに顔を逸らした。

なんか銀が悪いことをした時に誤魔化《ごまか》す仕草《しぐさ》に似てる。

じっとシルバの顔を見ていると、ペロペロと顔を舐《な》めてきて誤魔化《ごまか》しだした。

またいつかきっちり聞いてみるか……

可愛い仕草《しぐさ》に問い詰めるのを諦める。それから、ここに居ても埒《らち》が明かないので、とりあえず安全そうな町を目指すことにした。

シルバには軽く前世について話してみたが、あまり気にしていなそうだ。ただそれを他の人に話すのはやめておけと言われたので、二人だけの秘密にすることになった。

シルバの案内でよさそうな町を見つけたが、問題はどうやって町に入るかだ。

町には門番が立っていて身元を確認されるらしい……見た目は子供、頭脳は大人？　身分証なし！　フェンリル連れ！　怪しさ満点！

……絶対入れる気がしない。

シルバはそのまま行けばいいと言うが絶対揉《も》めるよー。フラグ立ちまくりだよ！

揉《も》めたらどうにかするとか言うけど、絶対力技だよね？

さっき見せてもらった魔法を使ったら、町がなくなっちゃいそうだよ……

ふーと思わずため息が出る。町から少し離れた場所で作戦会議を開くが、いい案は一向に出ない。

今日はとりあえず野宿かなぁ、なんて考えていると、シルバがすっくと立ち上がり私を隠すように前足の間に挟んだ。

次の瞬間ガサッと音がして、武装した人達が数人、私達の周りを取り囲んだ。

「おい！　そこの子、無事か？」

武装したうちの一人が、こちらに向かって叫ぶ。

……私のことだよね？

キョロキョロ周りを見るが、皆の視線が私に集中している。これはなんか勘違いされているような気が……。シルバはシルバで威嚇《いかく》するような唸《うな》り声をあげる。

【シルバ、大丈夫だから唸《うな》るのやめて】

とりあえず落ち着かせようと思い、立ち上がってシルバの隣に立つ。

「だいじょうぶです。このこはわたしのじゅうまです」

一人前に出ている大きいお兄さんに向かって、警戒されないようににっこりと営業スマイルで笑って見せた。

三　幼子《おさなご》

私がシルバに手をかけながら話している様子を見て、お兄さんは手をすっと上げ合図をする。それに合わせて、周りの人達が武器を下ろした。

まだ警戒気味だが、皆お兄さんの後ろに集まり、じっとこちらを窺《うかが》っている。

「そちらに少し近づいてもいいか？」

お兄さんが聞いてくるので、私はシルバに大人しくおすわりをさせる。

途端に「おおっ！」と、武装した人達がどよめいた。

【ミヅキに危険があれば構わず殺《や》るぞ】

シルバがサラッと怖いことを言う。

「わたしにきがいをくわえなければ、だいじょうぶでしゅっ」

【あ、噛んだ……】

するど、先程より皆のヒソヒソ声が大きくなった。数人はプルプル震えている。

恥ずかしい。そんなに笑わなくてもいいのに……

恥ずかしさのあまりちょっと目がうるうるしてしまう。

シルバが小さく唸《うな》るとピタッとざわめきが止まった。

お礼の気持ちを込めて撫《な》でながら笑いかけると、またざわつきだすが、シルバがキッと睨みをきかせる。

「うおっほん。じゃ少し話を聞かせて欲しいが大丈夫かな？」

前にいたお兄さんが少し近づき話しかけてきた。よく見るとすっごくいい体格で、まあまあイケメン。三十前位かな、と失礼ながらじっくり観察させてもらう。

じっとお兄さんのことを見つめていると、切れ長の目元が緩み、へらっと相好《そうごう》が崩れた。

あれ？　なんかちょっと残念な見た目になっちゃった。

まぁとりあえず話をして町に入りたい。

こくんと頷くとお兄さんはなぜか頬を染めて、口元を押さえている。後ろでは機嫌が悪くなったのか、シルバがまた小さくグルッと鳴いていた。

「おにいしゃん、おはなしだいじょうぶですよ」

「あぁ、すまなかった。そちらの獣はお前と契約している従魔で間違いないか？」

構わずこちらから話しかけると、彼はチラッと後ろのシルバを見遣る。

「こちらの言ってることを理解できてるようだが……お前、年はいくつだ？」

私は答えに困って、シルバに【助けて〜】と視線を送った。

【シルバどうしよう。何才って言えばいいかな？】

【本当の年齢は分からないんだ、素直に分からないと言っておけ。相手に都合よく解釈してもらおう】

「わかりゃない……」

騙《だま》してることが申し訳なく、俯《うつむ》き気味に答える。

すると、お兄さんは慌てた様子で返事をした。

「い、いや別に責めているわけではない。受け答えもできるし四、五才くらいだろうが……実は俺達はフェンリルの目撃情報を受けて、ここを調査しに来たんだ。おまえがフェンリルに捕らえられているのかと思い、救出しようとしたんだが……」

「だいじょぶです。シルバなかよし！　わたしをまもってくれる！」

やっぱり勘違いして私を助けてくれようとしてたんだ。危険はないよって気持ちを込めて、警戒させないように笑ってみせる。

「お、おお、そうか。それで親はどこにいる？」

親？　あぁ、幼子《おさなご》だから親といると思ったのか……

とりあえず分からないとプルプルと横に首を振る。

「きがついたらもりにいたの。シルバがたすけてくれて、ここまでつれてきてくれたの」

「そうか……こんな可愛い幼子《おさなご》を捨てたのか……」

お兄さんがなにか言ったがよく聞こえなかった。見ると、なにやら神妙な顔をしている。

やっぱりこんな怪しい子供は町には入れたくないよね……このまま誤魔化《ごまか》して立ち去ったほうがいいかな。

「お前さえよければ町に来るか？　独り立ちできるまで面倒を見てやるぞ」

落ち込んでいたら、唐突にお兄さんがそんなことを提案してきた。他の人達が血相を変えて彼に詰め寄っている。

勝手なことを言い出したお兄さんを責めているのだろう。

不安になってシルバを見上げる。

なぜかシルバは満足げにふふんっと鼻で笑っていた。

【やっぱりミヅキは可愛いからな】

なんなんだ？　と首を傾げていると、お兄さん達の話し合いも終わったようだ。

「話し合った結果、俺が責任をもってお前の面倒を見てやることになった！　俺はベイカーだ。よろしくな」

お兄さんの名前はベイカーさんというらしい。

「わ、わたしはミヅキです。ほんとにいってもいいですか？」

ペコッと頭を下げて、迷惑じゃないかなぁと、眉尻を下げてベイカーさんを見上げた。

ベイカーさんはそんな私を見て、また口元を押さえて横を向いてしまった。ああ、やっぱり迷惑だったんだ……

悲しくなり、目の奥がツンとして泣きそうになる。

「あ、ああすまんっ。違うんだ！　ミヅキはまだ子供なんだから大人を頼っていいんだぞ」

あわあわと言うベイカーさんの後ろで、他の人達もうんうんと頷いている。

「ありがとうごじゃいます……」

優しい人達に会えてよかった……ほっとして目に涙を溜めながらお礼を言った。ベイカーさんがそっと頭を撫《な》でながら優しく笑いかけてくれる。

「グゥルル」

シルバが低く唸《うな》りながらベイカーさんを押しのける。ベイカーさんは急に出てきたシルバに驚いて、ビクッと手を引っ込めてしまった。

「シルバ、メッよ！」

シルバの失礼な態度を注意すると、彼はシュンと耳を下げる。

そんな私達のやり取りを見て、ベイカーさんはニカッと爽やかに笑って褒《ほ》めてくれる。

「本当に従魔なんだな！　幼いのに凄い才能だ。テイマーとして十分食べて行けると思うぞ。じゃあ、とりあえず町に向かいながら少し話をしよう」

ベイカーさんは他の人達を先に帰らせ、このことを報告するように指示を出す。そしてこちらに向き直り、頬を持ち上げ微笑んだ。

「これから町に着いたらまず冒険者ギルドに行ってもらう。そこでミヅキは冒険者として登録するが問題ないか？」

「ぼうけんしゃってなにをすればいいの？」

「冒険者のやることはピンキリだ。一番簡単なものだと薬草集めとかだな。それならミヅキにもできるだろう。とりあえず登録して身元を証明するものを作らないと、町に滞在することができないからな」

ふんふんと頷きながら聞いていると、ベイカーさんが嬉しそうに続きを話してくれる。

「別に冒険者になれってことじゃないから安心しろ、大きくなったら好きなことをすればいい」

そう言いながら頭をぽんぽんっと優しく撫《な》でる。

「じゃ行くか！　ちょっと遠いから抱っこしてやろうか？」

ベイカーさんが手を差し出してくれるが、

【ミヅキ乗れ】

シルバが顔を近づけたので、反射的にギュッと抱きつく。そしてポンッと背に乗せられた。

「シルバがはこんでくれるからへいきー」

ニカッと笑うと、ベイカーさんは「そ、そうか……」と肩を落として歩き出した。

シルバはその後ろを悠々とついていく。私はそんなベイカーさんの様子には気付かずシルバの毛並みを堪能《たんのう》していた。


町に着くと門番はすでに報告を受けていたのか、ベイカーさんと挨拶《あいさつ》をした後、すんなり通してくれた。

シルバを見てびっくりしていたが、幼子《おさなご》が背に乗っていることで従魔と認識したようだ。

町に入りしばらく歩いて行くと、民家とは違う大きな建物が見えてきた。

「あれが冒険者ギルドだ。門からの道順は覚えたか？」

ベイカーさんがギルドの建物を指差しながら聞いてくる。

その時になってやっと、周りの建物が気になってキョロキョロしていて、道順など覚えていなかったことに気が付いた。

【俺が覚えているから大丈夫だ】

シルバがこちらをチラッと見た。

なんてできる子！　さすがイケメンフェンリル！

「シルバがおぼえたー」

うちの子凄いだろっと親バカな感じで胸を張る。

「もしかして……フェンリルと意思疎通がとれるのか？」

ベイカーさんがびっくりした顔をしながら聞いてくる。

「じゅうまのけいやくをしたからおしゃべりできるよー」

どんな人でも従魔と契約したら会話ができると思い、軽い気持ちでそう言うと、ベイカーさんは呆然としてしまった。

あれ？　どうしたのだろう。

シルバにベイカーさんのそばまで行ってもらい、つんつんと突《つつ》いてみると、彼はハッと覚醒した。

「いや……従魔の契約をしても獣が喋《しゃべ》れなければ会話はできんだろう。つまりそのフェンリルは言葉が理解できるほど知能が高いんだな……」

ベイカーさんがブツブツ呟いているが、今は目の前のギルドに意識が行く。ギルドの中に入ると、視線が集中した気がした。

不安になり思わずシルバの毛をギュッと握る。

ベイカーさんはそんな視線など気にせずどんどん奥に進んでいき、窓口みたいなところに座っているお姉さんに話しかけている。

こっちに来いと手招きをされたので、シルバから降りてベイカーさんに近づいた。

「ここで登録をするんだ。台に届かないから持ち上げるぞ」

そう言われて、ひょいと抱きかかえられた。

「じゃあ、こいつの登録をお願いする。名前はミヅキ、年はまぁ四、いや五才で、職業はテイマー。従魔は後ろのフェンリルだ」

ベイカーの言葉をお姉さんが紙にサラサラと書いていく。その紙を持って奥の扉に入っていくと、しばらくして一枚のカードを手に出てきた。

「こちらのカードに血を一滴お願いします」

お姉さんがカードを出しながらにっこり笑って言ってくる。

血……えっとどうやるんだ？

やり方が分からずにチラッとベイカーさんを見上げた。

「ナイフとかで指先をちょっと刺して出したりするんだが……大丈夫か？」

彼は心配そうに聞いてくる。そのくらいなら大丈夫だと思い、指を差し出した。

「俺がやるのか⁉」

自分が刺すなど思いもよらなかったのか、びっくりしている。でも、ちょっとこの小さい手でナイフを持つ自信はないしお願いしよう。

「おねがい」と上目遣いで目を潤《うる》ませる。我ながらあざとい。うん、すみません。

ベイカーさんが悶《もだ》えながらなにやら葛藤《かっとう》している。縋《すが》るようにチラッとシルバのほうを見ると、プイッと顔を逸らされていた。お前がやれって感じだね。その後、お姉さんを見るけど……

「嫌です」

ハッキリと断られた。まあ、幼子《おさなご》の手にナイフ刺すのなんて流石《さすが》にやだよねー。

「ベイカーさん、おねがいします。いたくてもへいきだから」

にっこり笑って指を更に差し出すと、ベイカーさんが渋々ナイフを取り出した。

「フレイシア、回復薬を用意してくれ」

ベイカーさんが受付のお姉さんに指示する。すかさずお姉さんは笑みを浮かべたまま、小さな瓶を見せた。既に用意しているとはできるお姉さんだ。

ベイカーさんは、私の手を握るとゴクッと唾《つば》を呑む。

えっ、そんなに覚悟がいるの……どうしよう、ちょっと不安になってきた。

ベイカーさんの緊張が私にまで移る。そして、彼の右手が動いたと思ったら、指先にピリッと小さな痛みが走った。

「は、早くしろ！」

ベイカーさんが慌てた顔でフレイシアさんに私の指を差し出す。フレイシアさんに手を取られ、カードの上に指の先を軽く押されて血を垂らした。カードに血がスーッと染みていく。

彼女が指先に用意していた瓶の液体を少しかけると、みるみるうちに傷が塞《ふさ》がった。

「ありがとございます」

「いい子ね。よく頑張りました」

フレイシアさんにお礼を言ったら、優しく頭を撫《な》でてくれた。こちらの人は頭を撫《な》でるのが好きだなぁ、なんて考えていると、ベイカーさんが傷の具合を確認してくる。

「傷痕《きずあと》、残ってないよな……」

じーっと指を見ている。別に指先に痕《あと》が残ったって気にしないのに。

【ミヅキ、指先を見せろ】

シルバまで傷痕《きずあと》を見たいと言いだした。ベイカーさんに言ってシルバのそばまで行き、指を差し出すとペロペロと指を舐《な》められた……なんで？

「では、こちらがミヅキ様のギルドカードになります。身元確認の際に必要になりますので、なくさないようお願いします。ギルドのシステムについて説明いたしますか？」

「あーそこら辺は俺が説明しておくから大丈夫だ」

フレイシアさんの問いに、ベイカーさんは首を横に振る。

「了解です。あと、ギルドマスターに会って行かれますか？」

「ミヅキも今日は疲れていると思うから、明日改めて顔を出すと言っておいてくれ」

「はい。それと、従魔に装身具をつけていただきたいのですが」

フレイシアさんは頷いた後、申し訳なさそうにシルバを見た。シルバはあからさまに嫌そうな顔になる。

どんな装身具をつけるのか聞くと色んな形がありなんでも大丈夫とのこと。

見せてもらうため、さっそくテーブルに並べてもらった。

首輪に腕輪、アンクレット、イヤリング、ネックレスと種類も大きさも様々だ。

【シルバはどれがいい？　それともつけるのはやっぱり嫌？】

シルバの顔を覗くと、じっとなにかを見ている。

目線の先には赤い首輪があった。その首輪は愛犬の銀がつけていた首輪によく似ていた。

銀を思い出しながらそっと手に取る。銀になら首輪で丁度いいが、シルバは脚につけることになりそうだ。

【シルバ、これどうかな？】

【俺には小さそうだな】

【シルバがつけるなら脚にだね。それとも違うのがいい？　嫌なら無理してつけなくてもいいんだよ】

【ミヅキのためなら大丈夫だ】

シルバはペロッと頬を舐《な》めて、前脚を差し出した。私は手にしていた赤い首輪をシルバの脚につける。首輪はフワッと淡く光り、シルバの脚にフィットした。

【大丈夫？　邪魔じゃない？】

【いや平気だ。不思議と違和感がない】

【黒い毛並みにとっても似合ってるよ】

シルバは満足そうに首輪——もとい腕輪を見ている。嫌がっていなくてよかった。

「じゃあ行くか」

ベイカーさんは、無事に装身具をつけ終えるのを確認すると出口に向かった。私はもう一度フレイシアさんにお礼を言って、ベイカーさんの後についていく。

「俺の家までまた少し歩くから、フェンリルに乗せてもらえ」

扉の外で待っていてくれたベイカーさんは、そう言ってシルバの背に乗せてくれる。そして再び歩き進めること十数分、町の外れに佇《たたず》むちょっとおんぼろの小屋が見えてきた。

もしかして、あれ……？

ベイカーさんは案の定その家に入る。

「ライト」

家に入るなり、ベイカーさんがそう唱えた。すると、瞬く間に部屋の中が明るくなる。

「しゅごーい」

これも魔法だよね！　感激してベイカーさんを見上げた。

「ライトの魔法が珍しいのか？　誰でも使える生活魔法だぞ」

「まほう。わたしにもつかえる？」

是非とも使ってみたいが、どうやったらできるのだろう。

「魔力があればできるはずだ。ステータスは見たことあるか？」

ステータス？　そんなものが見られるの？　なんて考えていると、目の前に透明のパネルのようなものが現れた。

《名前》ミヅキ
《職業》テイマー
《レベル》1
《体力》50
《魔力》10000
《スキル》回復魔法　水魔法　火魔法　土魔法　風魔法
《従魔》シルバ（フェンリル）
《備考》愛《いと》し子　転生者　鑑定　？？？　？？？

おお！　なんか出た！

なんか色々気になることがあるが……とりあえず魔力がある。魔法が使えそうだ！

「すてーたすでた！　まりょくあるからまほーできる？」

首を傾げて聞くと、ベイカーさんはヘラッと笑った後に、ギョッとした顔になる。表情が忙しいなぁ……

「なっ、なんて言った？　ステータスが出た？」

なんか慌てている。うんと頷くと、彼は今度は頭を抱えだした。

「あのなぁ……普通ステータスは自分では見えん。神官が鑑定をして確認するものなんだ」

「かんてーある」

ステータスに書いてあったもん。

「そ、そうか……じゃちょっと俺を鑑定してみろ」

ベイカーさんを見ながら（鑑定）と強く念じる。

《名前》ベイカー
《職業》A級冒険者　剣士
《レベル》89
《体力》3682
《魔力》2539
《スキル》火魔法　風魔法　剣技

――これより表示できません――

「ベイカーさん、えーきゅーぼうけんしゃってでてます。れべる89！　すごいです」

でも、スキルの後が表示できないと出ている。

「なんか、すきるまでしかみれません」

見た通り伝えるとベイカーさんが目元を手のひらで覆い、天井を仰《あお》ぐ。

「あ………うん。本当に鑑定があるんだな。表示されないところは隠匿《いんとく》してあるんだ。見られるとまずい項目なんかは隠す奴が多いぞ、ミヅキも隠匿《いんとく》したほうがよさそうだな」

この様子だと備考の部分は全部見せたらまずそうだ。

転生者って書いてあるし……その前に愛し子なんてのもある。

そんなのバレたら……面倒くさそう、どうせなら私のことは、ほっといてほしいなぁ……

「まぁ、魔法やら鑑定のことはとりあえず明日ゆっくり聞く。今日はもう疲れただろうから休め」

そのまま奥の部屋に連れて行かれる。奥は寝室になっているようで、ベッドが一つと小さい棚が置いてあるシンプルな部屋だ。

「少し汚いが我慢してくれ」

野宿するつもりでいたからベッドで寝られるだけ全然ましだ。しかしベッドが一つしかないとなると、ベイカーさんの寝るところが気になる。

「ベイカーさんは？」

「俺はあっちのソファーで寝るから大丈夫だ」

そんな大きな体でソファーに……どう考えても小さい私がソファーで寝るべきだ。

「わたしがあっちでいいよ」

ソファーを指差してベイカーさんを見上げたが、子供が遠慮するなと言われ、結局ベッドに寝かされる。大きな手で頭を撫《な》でられると疲れていたのか瞼《まぶた》が重くなる。

【シ……ルバ……】

薄れる意識の中、手を伸ばしシルバを呼ぶと、シルバのふわふわの毛が触れた。その温もりに安心して、私はそのまま意識を手放してしまった。

◆

俺がギルドマスターに呼ばれてギルドに行くと、数人の顔見知りの冒険者が集まっていた。

なにやら町から数キロ先の森が、広範囲にわたって抉《えぐ》られ破壊されたらしい。数人のグループを作り調査して欲しいとのことだった。

A級と一番位の高い俺がリーダーとなり調査に向かう。

現場に着くと酷い有様《ありさま》だった。

高度な風魔法による攻撃の跡が数キロにわたり続いている。現場の確認を終え、町に戻りながら周囲を警戒していると、仲間の一人から大きな黒い獣に捕まっている子供を発見したと報告を受けた。

陣形を整え対象に近づき……その姿を確認する。

あれはまずい。フェンリルだ。どうしてあんな伝説級の魔獣がこんなところに。

黒い獣と聞いたからグレートウルフあたりかと思ったが……クソッ！　このメンバーだと皆殺しもあり得る。

どうにか子供だけ助けて撤退できないかと様子を窺《うかが》っていると、フェンリルがこちらに気付き威《い》嚇《かく》してきた。

とりあえず子供の無事を確認するため声をかける。子供はフェンリルの隣に立ち、フェンリルが自分の従魔だと言う。

こんな子供が従魔を従えているのにも驚きだが、その容姿にも驚かされた。

ここでは珍しい黒い髪。少しやせ細っているが白い肌は美しく透明感がある。大きな瞳も同じ黒色で、小さな赤い唇と絶妙なバランスを取っている。間違いなく将来は美人になるだろう。

あどけなく、とても可愛らしい。

にっこり笑いかけられ、冒険者の何人かがあまりの愛らしさに悶《もだ》えそうになっている。舌っ足らずな喋《しゃべ》り方がまたその可愛さを引き立てていた。

とりあえず話を聞かなければと近づいていいか尋ねると、危害を加えなければ大丈夫だと言う。

あの子が喋《しゃべ》るたびに後ろの冒険者達がざわつく。悶《もだ》えるのを止めろ！　皆、可愛い可愛いとうるさい。

こちらがザワザワしているので不安になったのか、子供が目に涙を溜めて不安そうにしている。するとフェンリルが不機嫌そうに唸《うな》る。

流石《さすが》に皆、ピタリと黙った。

子供は「ありがとー」とフェンリルを撫《な》でながら微笑んでいる。フェンリルの様子を窺《うかが》いつつ近づくと、子供はじっと上目遣いでこちらを見ている。近くで見るとますます可愛らしい。

黒い瞳は宝石のように煌《きら》めいていて、黒い髪もふわふわと柔らかそうだ。つい顔の締まりが緩くなり、ヘラッと笑ってしまう。

……まずい。可愛い!!

思わず口元を押さえる。さっき悶《もだ》えていた連中の気持ちがよく分かった。

年齢を聞くが、分からないと下を向いてしまった。声にも力がなくなってしまったので、慌ててなぐさめる。
四、五才くらいに見えるが、受け答えと言葉の理解度からもう少し上かもしれない。子供はここまで来た経緯を説明しながら、フェンリルのことを本当に信頼しているのか、柔らかい笑みを浮かべながら仲良しだと言う。
俺はその笑顔と言葉を信じてみることにした。

親とはぐれたのかと尋ねると、気が付いたら森にいたと返ってきた。

その前の記憶がないらしく捨て子の可能性もある。こんな可愛い子を捨てるなど考えられないが、育てきれなくなった子を森に捨てることはよくあることだった。

とにかく怪我もなく生きていてくれてよかった。ここからは俺が面倒を見てもいいと思い、町に来ないかと聞いてみる。

すると後ろの奴らがザワついた。ずるいやら俺が代わりになどほざくが、譲《ゆず》る気はない！

そして少しの話し合いの結果、見事俺が保護者権を勝ち取った。

まぁ、ランク的にも俺に逆らえないしな！

名前を聞いた後、不安そうな様子について尋ねたら、ついて行くことを申し訳なく思っているという。

こんな小さな子がなにを遠慮するのか……そうせざるを得ない環境にいたのかと思い、幸せにしてあげたいと決意していると、ふいに上目遣いに顔を覗かれる。

あまりの愛らしさに叫びそうになるのを、口を押さえて必死に耐えた。

他の奴らも同じようだ。その様子にミヅキは迷惑をかけていると勘違いしてしまった。これはいかん！　いい加減、悶《もだ》えるのを止めなければ！

これからは大人を頼っていいんだと伝えると、嬉しそうにお礼を言った。

思わず手が出て頭を撫《な》でる。サラサラでふわふわの髪の毛が心地よい。いつまでも撫《な》でていたいが、周りから殺気を感じるし、従魔のフェンリルが間に入り引き離そうとしてくる。どんだけミヅキが好きなんだ……

ミヅキが焼きもちをやいたフェンリルに軽く注意をすると、フェンリルは目に見えて落ち込む。

どうやら本当にミヅキが主人らしい。これなら町に行っても、ミヅキになにかまずいことが起きない限り暴れることはないだろう。

しかし、こんな子供がフェンリルを従魔にできるとは凄い才能だ。あんまり目立つと悪い人間に利用されかねない、そこも注意してやらなければ。

他の奴らを先に町に帰し、ギルドに報告するように伝える。ついでに門番にも言付けを頼んでおく。ミヅキにはこれから町に向かいギルドで冒険者として登録することを伝えると、少し不安げな顔になる。

そこで無理に冒険者としてやっていく必要はないことを伝えると、少し表情を和《やわ》らげた。

町に向かう道中、子供の足では大変だろうからと抱っこしてやろうと言う。

決してしてしたい訳じゃない！　大変だろうからだ！　ちょっとは抱っこしてみたいとは……思っているが……

しかし見事にフェンリルに邪魔をされる。

まぁしょうがない……全然、残念じゃないから……くっ。

町の門に到着し、門番には事情が伝わっているらしくそのまま通される。流石《さすが》にフェンリルには少しビビっていたが。

町の中を進みギルドが見えて来たところで、ミヅキにここまでの道順を覚えたか聞くと焦った顔をした。

そんなすぐに道を覚えられるわけないので大丈夫だと宥《なだ》めようとすると、フェンリルが覚えたと言う。まさかフェンリルと話せるのか聞くと、従魔の契約をしてるから喋《しゃべ》れると笑顔を見せる。

……そんなわけあるか！

確か、通常より相手の気持ちが分かる程度のはずだ。まず普通、魔物は喋《しゃべ》れない。伝説級やドラゴンなど知能の高い者は喋《しゃべ》れるようだが、つまりフェンリルが伝説級の魔獣だというのが改めて証明されたわけだ……まぁミヅキにぞっこんみたいだから大丈夫……だよな。

ギルドに到着し、受付嬢のフレイシアのところに行く。ミヅキが注目を浴びてしまっているのでサッサと済ませて早く休ませてやろう。

ミヅキを呼び、台が高いので抱きかかえてやる。リベンジ成功！　幸せだ。周りが五月蝿《うるさ》いが無視を決め込む。

フレイシアに、ミヅキの名前、年齢、職業を伝えて従魔のフェンリルを登録してもらう。

フレイシアが一旦奥に行き、カードを作って戻ってくると次は血の登録だ。これをしないと本人確認ができないし、偽装防止にもなるので重要だ。

ミヅキは血をどうやって出すのか分からないようでこっちを見てくる。ナイフなどで指先に刺し血を垂らすことを伝えると、ずいっと指を差し出してきた。

えっ、俺がやるの？　いやその可愛い手に傷をつけるのは流石《さすが》に嫌だ！

だが目をうるうるさせ、お願いと言われると……どうしよう。チラッとフェンリルを見ると、顔を逸らされた。

おい！　お前従魔だよな！　ご主人様の指をちょっとかじってって……無理か。

今度はフレイシアを見る。だが、なにも言ってないのに嫌だと言われてしまう。

ミヅキは俺に的を絞ったのか、上目遣いにお願いしますと指を差し出す。渋々ナイフを取り出しミヅキの手を取る。とても小さい手だ。

子供の手とはこんなにふわふわで柔らかいのか……この可愛らしい手に傷痕《きずあと》でも残ったら……

周りからも上手くやれよと念が送られてくる。ならお前らがやれよ！

回復薬の確認をして覚悟を決め、最小限の力でナイフの先を指にかすめる。

よし！　上手くできた。

すぐさまフレイシアにミヅキの手を渡す。フレイシアはミヅキの指先を軽く押して血をカードに垂らすと、傷口に優しく回復薬をかけた。

素早く傷痕《きずあと》を確認するが、綺麗に治っているようだ。

ミヅキは平気そうにしていたが、フェンリルが指先を舐《な》めていた。消毒のつもりだろうか？

登録したカードを貰いギルドを出ようとすると、従魔の装身具をつけるように言われた。

ミヅキは赤い首輪を選んだ（フェンリルがつけたらもはや腕輪だが）。プライドの高いフェンリルがつけられるのかと思ったものの、ミヅキに装着させてもらい満足そうだ。

ギルドでの用事を済ませると、ミヅキも疲れているだろうからと家に向かうことにした。

家に着いて中に入り、ライトの魔法で明かりをつける。ミヅキがなぜか興奮している。

どうやら魔法が珍しいようだ。誰でも使える生活魔法なのに……

自分も使いたいと言ってくるので、魔力があればできると答える。ステータスを確認しないと魔力があるか分からないからな。

ステータスを見たことはあるかと聞くと、ステータスが出て魔力があると喜んでいる。

喜んでいる姿が可愛いなぁ……はっ？　ステータスが出たってなんだ？　ステータスは神官にならないと見られないはずなのに。

どうやらミヅキは鑑定のスキルを持っているらしい。ものは試しと俺を鑑定してもらう。見事に的中。本当に見えているようだ。

なんでこう色々やらかすんだ……ちょっと俺にも考える時間が欲しい……

一先ず今日は休めと、奥の部屋のベッドを使うように言うと俺がどこで寝るのか聞いてくる。

心配しなくても一緒に寝ねえよと思っていたが、どうやら自分が俺のベッドを取ってしまうことを心配しているようだ。

なんていい子だ。気にするなとベッドに寝かせて頭を撫《な》でてやると、だんだんと瞼《まぶた》が閉じていく。

そして、フェンリルを抱きしめたと思ったら、パタッと寝てしまった。

フェンリルも愛おしそうにミヅキを眺めている。小さい体に毛布をかけてやり、おやすみと囁いて部屋を出た。

ソファーに寝転び目を閉じる。明日から色々忙しくなりそうだが、ちっとも嫌な気分ではない。むしろ久々に気持ちよく寝られそうだ。

四　魔力

朝起きると知らない天井が目に入った。ここどこだ？

起き上がり周りを見ると、シルバが尻尾を振りながら私が起きるのを待っていた。

【シルバ、おはよう】

【おはよう。よく眠れたか？】

【うん。夢も見ないでぐっすりだったよ。起きてこれが夢かと思ったくらい】

【それは困る。これが夢なんて耐えられない】

シルバは確認するようにペロペロと顔を舐《な》めてくる。シルバに舐《な》められて意識が更にはっきりすると、ベッドを降りて部屋の扉を開く。隣の部屋では、ベイカーさんがすでに起きていた。

「ベイカーさん、おはよーごじゃいます」

「ミヅキ、おはよう。よく眠れたか？」

そっとベイカーさんに挨拶《あいさつ》をすると、笑顔で近づいてきた。

この世界の人達は皆優しいなぁ。私は「うん」と笑顔で頷いた。

「さぁ腹減ったろ。飯にしよう！」

ベイカーさんがキッチンというには質素な台に向かった。シンクのような場所に立ち、

「ウォーター」

と言って水を出し手を洗う。凄い！　あれも魔法だよね？

「ベイカーさん、みずのまほー？」

キラキラと目を輝《かがや》かせながら尋ねると、口元を緩ませたベイカーさんが屈《かが》んで私の手を取り、洗ってくれる。

「ミヅキも魔力があるならできるはずさ。とりあえず飯を食ってからな」

そう言ってニカッと笑う。わぁ……その笑顔は眼福。

見た目はやっぱりカッコイイなぁなんて思っている傍で、ベイカーさんは、パンを取り出しナイフで切り分けていく。パンをお皿にどかっと置くと、竈《かまど》に向かって「ファイヤー」と言って火をつけた。

次いで、なにもないところからフライパンや肉を出して焼きはじめる。

おお！　いちいち魔法に反応してしまう。

「ベイカーさん、どっからものだしてるの？」

先程から、空中から色々なものが出ているように見える。

「あぁ、これは収納魔法で、亜空間にものをしまっているんだ。時間経過もほとんどないし便利だぞ」

おお！　異世界の定番魔法だね！　超便利そう。是非ともこれも覚えたいなぁ〜。っていうか、朝からお肉を食べるのかなぁ……

重そうだと思っていると、ベイカーさんは焼いただけの肉を、さっきの切っただけのパンの横に置いた。

いや人様のお宅だし、出された料理に文句を言える立場じゃないけど……これはなくない？　なくなくない？　それとも異世界ではこれが普通の朝食なのかなぁ？

「いただきましゅ」

と言って手を合わせるとパンを手に取る。

「シルバにもあげていいですか？」

「あぁ、フェンリルにはこっちがいいだろう」

そう言って肉の山盛りを出してくれた。男前なベイカーさんの株がドンドン上がる。シルバが美《お》味《い》しそうに肉にかぶりついているのを横目に、私も肉を口に入れた。

お、結構美《お》味《い》しい！　なんかいい肉なのかな？　でも塩、コショウすればもっと美《お》味《い》しいのになぁ……

「どうした？　口に合わなかったか？」

ベイカーさんが心配そうに聞いてくる。

「おいしいよ。でも、おしおとこしょうがあるともっとおいしいのにとおもって……」

「そうなのか？　塩ならあるぞ、出すか？　他に欲しいものがあれば言えよ」

「たまご、ちーずとかはありましゅか？」

えっあるの？　ならなんで使わないんだ……と不思議に思いつつ、図々しく聞いてみる。

「卵とチーズだな、ちょっと待ってろ！　フェンリル、ちょっと出てくるからミヅキを頼むぞ」

ベイカーさんは嫌な顔も見せずにがたっと席を立つと、シルバに声をかけて凄い勢いで出ていってしまった。苦笑いをしてシルバを見る。

【行っちゃったね】

【言われなくても、ミヅキは守るに決まってるだろうが。あと、フェンリルと呼ばれるのは不愉快だ！　俺にはミヅキに貰ったシルバという名があるのに】

シルバがブツブツと文句を言っているので頭を優しく撫《な》でておく。しばらくして、ベイカーさんが「待たせたっ」と急いで戻ってきた。

「卵とチーズを買ってきたぞ！　これなら食べられるのか？」

わざわざ買ってきてくれたんだ。

ベイカーさんの厚意に感動すると、なにか作ってあげようかなと思い、キッチンに立っていいか聞いてみる。危なくないかと心配してくるので大丈夫だと言い、フライパンを出してもらった。

「ふぁいやーおねがいします」

竈《かまど》に火をつけてもらい、目玉焼きを作っていく。目玉焼きを皿に取り、今度はパンをフライパンに並べ上からチーズをかけ、木の蓋《ふた》を載せる。

「ひをよわくできましゅか？」

ベイカーさんはすかさず火加減を弱くしてくれた。

「チーズをパンに載せてどうするんだ？」

「ちーずがとけてとろとろになるよ」

ベイカーさんが不思議そうに見ているので、ふふんっと胸を張りながら答えた。

パンに溶けたチーズは最高だよね！　ベイカーさんも感心してくれる。

そろそろいいかなと蓋《ふた》を取ると、美味《おい》しそうにチーズが溶けていた。パンを取り出すと丁度よく焦げ目がついている。うん美味《おい》しそう！

パンを皿に取り、目玉焼きを添えて出す。

「こうしてパンにめだまやきのせてーしおをぱらぱら～」

そして、パクンとかぶりつく！

「ん～おいしいっ」

美味《おい》しいご飯！　幸せだ！

「ベイカーさんどうぞ」

同じようにパンに目玉焼きを載せて塩を振り、ベイカーさんに差し出す。ベイカーさんは大きい口でガブッとかぶりつくと……カッ！　と目を見開き無言でバクバクと食べている。

【シルバも食べる？】

さっきから見つめているシルバにも聞くとブンブンと頷く。

【そういえばシルバは狼なの？　食べられないものとかある？】

【狼とは少し違う。その上位種だ。それに俺に消化できないものなんてないから大丈夫だ。ミヅキの作ってくれたものは残すわけがない】

そう言うのでシルバにもどうぞと皿に載せてやる。

【これは美味《うま》い！　ミヅキは料理が上手だな！】

こんなの料理のうちに入らないが、二人が喜んでくれているみたいでよかった。ニコニコと笑いながら自分の残りの分を食べる。

お皿のご飯が全部なくなると、ベイカーさんがお腹を押さえフーッと息をつく。

「いやー美味《うま》かった！　ミヅキは料理が得意なんだな！　店で食べるような料理だったぞ！」

ベイカーさんにも言われ苦笑いをする。あんな簡単なものでこんなに喜ばれるとは……

どうもベイカーさんは料理が苦手なようだ。毎日料理をしてあげれば恩返しになるかな。

「よし、じゃあ今日はまたギルドに行って、ギルドマスターに状況を説明しに行くか！」

食器を片付けて一息ついた後、ベイカーさんが扉に向かおうとする。私はモジモジしながら彼の袖《そで》の裾《すそ》を軽く引っ張った。

「あの……まほーやってみてもいいですか？」

「あぁ！」

ベイカーさんの魔法を見てから、ずっとやりたくて我慢していたんだよね……

私のお願いに、彼はハッとした顔になり座り直した。

「じゃあまず魔力を感じることからな。自分の中に流れている魔力を集めて、使いたい魔法を想像する。火ならファイヤー！　ってな感じだ」

ベイカーさんの手のひらにポッと炎の塊《かたまり》が浮かび、瞬時に消えた。

「ミヅキは火はまだ危ないから、ライトかウォーターからかな。でもまずは魔力を感じることからだ。毎日やったら、一ヶ月くらいで少し照らすくらいできるようになるだろう」

魔力を感じるか……魔力ってなんだろ？　体の中を流れるって言うから血液みたいに循環してるのかな？

目を閉じて、体の中に血液のように流れるものがないか想像してみる。すると、なにか感じたことのない温かい流れを感じた。

あっ、なんかこれかな？　これを集めて想像？　創造？　作る感じかな……

ものは試しと、私は魔力を集めて家の中にある電球をイメージする。

「ライト！」

パッと蛍光灯のような強い光の玉が現れた。

「できた！　できた！」

ぴょんぴょんと跳ねて喜び、ベイカーさんを見ると、なぜか彼は唖然として固まっている。

……あれ？

「なんだこの光は……俺のライトより数段明るい。それになんで魔法がこんなにすぐ使えるんだ……ミヅキ、魔法を使うのは初めてなんだよな？」

なんかまずかったのか……ベイカーさんが真剣な顔で聞いてくるので、こっくりと頷く。すると「はぁー」と深いため息をつき、ボソッと呟く。

「なんか色々と規格外なんだよなぁ……。とりあえず、魔法は使えるっていうことにしとけ。今日初めて使ったというのは内緒だからな。あと、やらかしそうなことはないか？」

やらかしているつもりはないから分からない……私は弱々しく首を横に振った。

「まぁなにかあっても俺がフォローするから心配するな」

ベイカーさんはそう言って、笑顔で私の頭に手をポンと置いた。安心する大きな手だ。

【ミヅキの魔力は心地よいなぁ、なんで魔法が使えることにこの男は焦っているんだ？　ミヅキは俺に会った時も回復魔法を使っていなかったか？】

シルバに言われても、なんのことかピンとこない。首を傾げて考えているとシルバが続ける。

【俺を撫《な》でながら癒《いや》してくれただろう。あの時、傷ついた体が回復していたぞ。もしかしたら無意識に回復魔法を使っていたのかもな】

シルバの台詞《せりふ》をベイカーさんに伝えてみる。

「シルバがかいふくまほーつかっただろって」

「回復魔法!?　ミヅキ、回復魔法を使えるのか？」

「たぶん？」

ベイカーさんがびっくりして聞いてくるから、私は困惑しつつ頷いた。

自分で使った記憶ないしなぁ。でも、ステータスに書いてあったから使えはするのだろう。

「回復魔法も結構珍しい魔法だが、回復薬もあるしそんなには目立たないだろう。一応人前ではあまり使うなよ」

やっぱり転生したから色々チートなのかな？

私は前世ではせかせかと働いてばかりだった……いつも銀とのんびりと暮らしたいと思っていた。

せっかく異世界に来たんだから前世ではできなかったことをしたい！

シルバとのんびりと暮らしたいなぁ。そのためにはあんまり目立つのはよくないし、大人しくしておこう。私はベイカーさんにこくりと頷いた。

「じゃ、とりあえずギルドに行くか？」

またシルバの背に乗せられて、私はベイカーさんと一緒にギルドに向かって歩き出した。

◆

ギルドに着くとまた注目を浴びた。

ベイカーさんとシルバは平気みたいだが、庶民の私は注目されることなどなかったから居心地が悪い。シルバから降りて、彼の体に隠れるように立つ。

ベイカーさんが受付嬢と話すと、奥の部屋に行くように言われついて行く。二階に上がって更に奥の部屋に行き、ベイカーさんがとんとんと扉をノックした。

「どうぞ」

中から声がして、扉を開けて中に入る。すると大きな椅子に、白髪交じりで短髪の筋肉質なおじいさんが座っていた。

「こちらにどうぞ」

声がするほうを振り返ると、灰色の髪の毛を後ろに束ねたナイスミドルなおじ様が立っていた。

なんかもう、まんま執事。

「やっと来たか、まぁ座れ！」

白髪交じりのおじいさんが、ソファーに座るように言う。私はベイカーさんに抱っこされてソファーに座らされた。シルバは私の近くで、床にちゃんとお座りをしている。

「お前が森で拾ってきた子か？　わしはこの町でギルドマスターをしてるディムロスだ」

ニカッと笑うおじいさん。その豪快な笑顔につられて私も笑ってしまった。

「ミヅキです。このたびはまちにいれていただき、ありがとうごじゃいました。これからよろしくおねがいします」

ぺこりと頭を下げる。「ほぉー」とディムロスさんが感心している声が聞こえた。

「あっちにいる頭の硬そうな奴が副ギルドマスターのセバスだ」

先程の執事風のナイスミドルのおじ様を紹介される。

おお！　名前まで執事風！　でも副ギルドマスターなんだ。執事かと思ったのに。

「よろしくおねがいします」

「はい。よろしくお願いしますミヅキさん」

セバスさんにも頭を下げると、彼は挨拶《あいさつ》を返して優しい笑みを浮かべた。美しい笑顔に思わず顔が赤くなってしまう。

ずっと思っていたが、この世界はイケメン率が高い。あんな綺麗な笑顔を向けられたら冷静でいるのは無理だ。隣のベイカーさんは、なにやら面白くなさそうな不満顔だが気にしない。

私はおじ様のほうが好みだ……！

「じゃあベイカー、とりあえず報告！」

ディムロスさんに言われて、ベイカーさんが今までの経緯を説明してくれる。一通り聞いたディムロスさんが難しい顔で唸《うな》った。

「うーん、伝説級のフェンリルの従魔に鑑定、回復魔法に魔法の適性が凄いとな……まだまだ掘り下げれば出てきそうだな」

ジロリと鋭い目を向けられ、私はビクッとして俯《うつむ》いた。見かねたセバスさんが声をかけてくれる。

「ギルドマスター」

「いやぁすまんすまん。別に怒ってるわけではないぞ。こんな小さい子が色々大変そうだと思ってな……とりあえず今の話はここで留めておこう。それで、この子の身柄はお前が預かるんでいいんだな？」

「あぁ、それでいい」

ディムロスさんの問いかけに、ベイカーさんは迷いなく頷いてくれる。

分かった、とディムロスさんが頷き返すと、「じゃ。書類を書いて行け」となにやら沢山の紙の束が出てきた。

「ミヅキ、少しギルドマスターと書類の手続きをするから待っていろ」

ベイカーさんに言われてこくんと頷いた。それを見たディムロスさんが、ニカッと歯を見せて笑う。

「セバス、相手してやれ。ミヅキ！　セバスは凄い魔法を沢山使えるやつなんだぞ、色々教えて貰っとけ！」

興味深いことを言われ、わくわくしながらセバスさんを見上げるとにっこり笑いかけてくれた。

二人が出て行き、セバスさんがソファーの隣に座り、話しかけてくる。

「ミヅキさんはどんな魔法を使えるんですか？」

「えっと、えっと、まだライトしかつかったことがありません」

「では、なにか覚えたい魔法はありますか？」

優しく問いかけられる。覚えたい魔法……それなら！

「しゅうのうまほー！」

一番使ってみたい魔法を、手を上げて答える。

そんな私を見て、セバスさんがくすくすと小さく笑う。恥ずかしくなり慌てて手を下ろすと、そっと頭を撫《な》でてくれた。

「笑ってしまってすみません。とても可愛らしかったので……お詫《わ》びに収納魔法をお教えしますね」

頬に熱が集まるのを感じながら彼を見上げ、感謝を込めて頭を下げた。

「ふくぎるどますたー、よろしくおねがいします」

「副ギルドマスターでは長いのでセバスでいいですよ。では、まず魔力を感知することはできますね？」

はいと頷き、昨日と同じように魔力の流れを感じる。

「そしたら、その魔力で一つの大きな箱をイメージしてください。それができたらその箱に扉をつけます」

セバスさんに言われてなんとなく、未来から来たロボットのどこにでも行けるドアのお部屋バージョンをイメージしてみる。すると、イメージした扉が目の前に浮かんだ。

「よろしい。そしたらその扉を開けるイメージをして……この紙を入れてみてください」

テーブルにあった紙を渡される。扉を開けて奥の空間に紙を入れると、すっと紙が消えた。

「よくできました。その時、扉を閉めるイメージも忘れずにしてください。慣れればイメージを浮かべずともできるようになりますよ」

よし、扉を閉めてと。

しっかり扉を閉めるイメージをすると、今まであった空間が消えた感じがした。

「扉を閉めないと大変なことになりますので、忘れないようにしましょうね」

セバスさんはそうにっこり笑ったものの、なんだか不穏なオーラが漂《ただよ》っていて、思わず背筋がゾワッとした。

うん。この顔は笑ってるけど、笑ってないな。セバスさんは怒らせないようにしよう。

「はい、セバスさん、ごしどーありがとうございました」

「はい。よくできました」

今度は優しい笑顔で頭を撫《な》でてくれる。

「セバスさん、またまほーおしえてくれましゅか？」

「そんなに魔法を覚えてどうするのですか？」

セバスさんを見上げて尋ねると、理由を聞かれる。

「いまはベイカーさんとシルバがたすけてくれますが、いつまでもおせわになるわけにはいきません。ぼうけんしゃになったのでいらいをこなして、ふたりのあしでまといにならないようにしたいです！」

ぎゅっと拳を握って力説する。セバスさんは少し驚いた顔をして私を見つめていたが、すぐに表情を緩めてニコッと微笑んでくれる。

「私でよければ、いつでもお教えしますよ」

優しく頭を撫《な》でられた。その姿にホッとして、手の感触にうっとりしていると、ディムロスさんとベイカーさんが戻ってきた。ベイカーさんが愕然として私に声をかける。

「ミヅキ、なんだその締まりのない顔は」

ベイカーさんに言われたくない！　いつも締まりのない顔してるくせに！

納得いかないと頬を膨らませると、横から指で押され「ぷぅっ」と音が漏れる。セバスさんが人差し指で、私の頬を押したのだ。口元を押さえながら笑っている。

「くくっ。すみません、つい」

「っ！」

恥ずかしくなり、シルバに駆け寄りモフモフの毛皮に顔を埋める。

「こいつら酷いなぁ、いじめられたらいつでもじいちゃんに言いな！　俺が懲《こ》らしめてやる」

ディムロスさんが慰《なぐさ》めるように頭を撫《な》でてくれる。

「あい！　ありがとうございます。ぎるどますたぁー」

なんて心強い味方だろう！　ここは精一杯、媚《こび》を売っておこう！

ということで、ニコッと最高の笑顔を見せる。

「おお！　お前は笑ったほうが可愛いなぁ。ギルドマスターじゃ長いからじいちゃんでいいぞ」

ギルドマスターからじいちゃん呼び！　偉い人なのにいいのかな？　でも楽だからありがたい。

ディムロスさんにひょいと抱きかかえられたので、お礼にギュッと首元に抱きつく。

「ディムロスじいちゃん、ありがと～」

お礼を言うと、ディムロスさんまで締まりのない顔になってしまった。

「おいじじい、なにがじいちゃんだ！」

ベイカーさんがディムロスさんから私を奪うように取り上げると、「俺だって抱きつかれたことないのに……」とブツブツ言っている。

なんだか可哀想なので、最初に優しくしてくれて感謝してるよっという気持ちを込めてギュッと抱きついた。途端にベイカーさんの顔がだらしなくヘラッと崩れた。

やっぱり、ディムロスさんよりベイカーさんのほうが締まりのない顔だわ。

それからディムロスさんとセバスさんにお礼を言い、部屋を出た。ベイカーさんに抱っこされたまま階段を降り、また好奇の視線を浴びる。こんな何処にでもいそうな子供はほっといてほしい……。私は居心地悪くギルドを後にした。

「副ギルドマスターとはどんなお喋《しゃべ》りをしてたんだ」

「うんと、しゅうのうまほーをおしえてもらいました」

「ま、まさかもう使えるのか？」

ベイカーさんの質問に笑顔で答えたら、なぜかびっくりしている。私は、さっそく魔法を披露することにした。

えーと、部屋を作って扉をつけて。扉を開けて、さっきしまった紙をポン！　と出して、きっちり扉を閉めてと。

先程の紙を収納魔法で取り出してみせた。どうだ！　とベイカーさんを見ると複雑な表情を浮かべている。

あれ？　なんか違ったかな……

「あんまり人前でやるのは控えような」

なぜか頭を撫《な》でられた。

「まったく……セバスさんもなにあっさり教えてんだか」

眉根を寄せて、ブツブツと文句を言っている。

「セバスさん、またまほーおしえてくれるって」

「そうか、よかったな。セバスは優しかったか？」

「うーん、ちょっとこわいとこもありました。でもわたしのことかんがえていってくれてるってわかるからへいき！　セバスさんだいしゅきです」

「……そうか……大好きか……」

力一杯言うと、ベイカーさんはちょっとだけ寂《さび》しそうに肩を落とし、私を下ろすとポンと優しく頭に手を置く。

「まぁ、俺になにかあった場合はギルドマスター達を頼れ。お前の事情を知っているから力になってくれるはずだ」

俺になにかあった場合って……

不安になり、思わずベイカーさんの足にしがみついてしまった。

ベイカーさんはいきなり足にしがみつかれて狼狽《うろた》えているが、離れられない。

「ど、どうした？　腹でも痛いのか？」

屈《かが》んで私の顔を覗き込む。私はなぜか無性に寂《さび》しくなり、目に涙を溜めてベイカーさんを見つめた。

「べ、ベイカーさんに、な、なにかあ、あったらて……うぅぅ」

上手く言えず泣いてしまう。大人の癖に恥ずかしいと思うが、ずっと頼りにしていた人になにかあったらという不安のほうが強く、子供の体が反応してしまっているようだ。

「悪かったな……不安にさせて、まぁなにかあったらといっても、そこのフェンリルほどの相手でも来ない限り大丈夫だ！　ミヅキも見ただろ？　こう見えてもA級冒険者だぜ！」

そう言って私の好きなニカッとした笑顔を向けてくれた。

「わかりました。ベイカーさんもだいすきです」

もう一度ギュッと抱き、小さく答えると、ポンポンと背中を優しく叩いてくれる。

「さて、とりあえず色々用意するものを買うか！　ついでに町を案内してやる」

話を逸らすようにシルバの上に降ろされ、そう提案してくれる。町を見るのは楽しそうだ。

テンションが上がるが……お金を持ってないことに気付き、上がったテンションがまた下がる。

「おかねないからかいものはいいです。わたしもいらいをうければおかねもらえますか？」

まずは金を稼がねば！　ギルドに入ったんだから、依頼を受けて報酬《ほうしゅう》を貰えるんだよね？

「そのくらい俺が出してやるから心配すんな！　お前はもう少し人に頼るようにしろ。それとも俺はお前を養えない甲斐性《かいしょう》なしに見えるか？」

どうなんだとベイカーさんに言われ、ブンブンと首を横に振る。

返すあてがないのに、こんなに頼っていいのかな？　まだ納得できないでいるとそんな思いを察してくれたのか、ベイカーさんが提案する。

「じゃあいつかミヅキが金を稼ぐ時が来たら俺になにかご馳走《ちそう》してくれ！　それまでは投資だな」

頭をポンポン叩かれる。まだちょっと納得できないが、いつか返せる時が来たら返そう。

そう決意して、お言葉通り甘えることにした。

「よし！　じゃまずは服と寝具からかな」

そう言ってこっちだと歩き出す。少し行くと洋服屋さんらしきところにたどり着いた。

「フェンリルはちょっと入れないから外で待つように言ってくれ」

【だって！　シルバ待っててくれる？】

【分かった……だがなにかあれば乗り込むからな！　あとこいつにシルバと呼ぶように言ってくれ】

可愛いお願いに笑って了解する。

「まってるって、あとシルバがなまえでよんでだってー」

「俺が名前で呼んでいいのか？」

ベイカーさんが目を瞠《みは》ってシルバを見ると、シルバはふんっと横を向く。照れていて可愛い。

「だいじょぶよ～」

「よろしくな、シルバ！」

「ガウ」

ふんっと一声鳴いて、シルバは店の前でどかっと地面に寝てしまった。行ってくるねと寂《さび》しそうなシルバの頭を撫《な》でて店に入る。中には色々な服が所狭しと並んでいた。

ベイカーさんは迷うことなくひょいひょいと服を避けて奥へと進んで行く。長い足について行けるはずもなく途中で置いていかれた。諦めてゆっくり店内を見回しながら歩いて行く。

ここから服探すの大変じゃないかなぁ。

「悪い。置いてっちまって」

近くの服を手に取って見ていると、ベイカーさんが慌てて戻ってきてくれた。ひょいと抱きかかえられ奥に連れて行かれる。奥にはカウンターがあり、色っぽいお姉さんが立っていた。

「あらぁ～この子が噂の子ね～。本当に可愛いわねぇ～」

ほっぺをぷにぷに突《つつ》かれる。

「ミヅキっていうんだ。こいつに合う服を何枚か見繕《みつくろ》ってくれ」

「了解～♪」

ベイカーさんがお姉さんに頼むと、彼女はご機嫌で店の奥に消えて行った。

しばらくして手にいっぱいの服を抱えて戻ってくる。

「じゃあまずはこれね～。ミヅキちゃん、こっちにおいで～」

「お、おい。どこに行くんだ！」

一つ目の服を出され、手を引かれてカーテンの引いてある小部屋に通された。ベイカーさんが追いかけて来ようとするのを、お姉さんが片手で制止する。

「女の子の着替えを覗かないのよ～。ちゃんと着せたら見せるから心配しないの」

お姉さんの言葉にベイカーさんは気まずげに頬を掻《か》いた。

くすくす笑うお姉さんに促されて小部屋に入る。用意されていたのは、腰に紐《ひも》がついているシンプルな白のワンピースだった。今着ている服をパッと脱がされ、上から服を被せられる。お姉さんは着替えた私をじっと見つめたかと思うと、ニコッと笑った。

「じゃあ一回ベイカーさんに見せようね～」

ぱっとカーテンを開けて、ちょっと恥ずかしくなりモジモジと俯《うつむ》きながら、ベイカーさんの前に立つ。しかし、なんの返事もない。

チラッとベイカーさんを見ると、物凄く真剣な顔でこちらを見つめていた。怖いくらいに真剣な表情なので思わずビクッと肩が跳ねる。

「いや、可愛いな。とっても似合う」

そう言って、ベイカーさんは一人得心顔でうんうんと頷いている。

似合うんなら笑って欲しいなぁ……喜んでいいのか複雑だよ。

「じゃ、つぎ～」

お姉さんがパンッと手を叩き、私はまた小部屋に通され服を脱がされた。

その繰り返しで十着以上も着替えさせられた。

「どれがお好みでした～？」

全ての服を披露《ひろう》して、お姉さんがベイカーさんに聞いている。

「どれもよかった。全部買いたい、いくらだ？」

今着た服を全部買うとかほざくので、無理無理と勢いよく首を振る。

「そうか……」

あからさまにガックリしているので少し罪悪感が湧いてしまう。でも、本当にそんなにはいらない。結局、最初に着た白のワンピースと、赤いワンポイントの入った同じような服、あと寝る時用のパジャマみたいなのなど、いくつか買うことにした。

「おねえさん、ありがとうございました。ベイカーさんもありがとー」

二人にお礼を言って店を出る。お姉さんは「またおいでね～」と手を振って見送ってくれた。外に出るとシルバが待っていたとばかりにムクッと起き上がった。

【なんだ、新しい服を買ったのではないのか？】

私の周りをフンフン嗅《か》ぎながら尋ねてくる。

【買ったよ！　でも着るのは明日からね】

【それは楽しみだな】

シルバは喜びもあらわにブンブンと尻尾を振った。

「じゃ次は寝具だな」

ベイカーさんが私を抱き上げてシルバに乗せる。少し歩いて家具屋に着くと、ベイカーさんは「ちょっと待っていろ」と言って、一人でお店に入っていく。どうやら適当に選んで買ってきてくれるみたいだ。先程のお着替えで疲れたから助かるなぁ。

シルバをモフモフしながら、大人しく外で待っていると……

「お嬢ちゃん、どうしたんだい」

ちょっと小汚い男達がニヤニヤしながら声をかけてきた。気持ち悪い視線にビクッとしてシルバの後ろに隠れる。

「グルゥウウ」

シルバが低く唸《うな》って、男達に威嚇《いかく》する。

「おいおい、声をかけただけじゃねぇか！　それにそれ装身具だよな？　ってことは、そのグレートウルフは従魔だろ。町で騒ぎを起こすと主人の責任になって、従魔も町に入れなくなるぞ」

赤い腕輪を指差しながらそう言われて、慌ててシルバを押さえる。

【シルバ、騒ぎを起こしたら一緒にいられなくなっちゃうよ！　なにもされてないから大丈夫だよ】

【しかし……コイツら嫌な臭いがする！　臭い！】

シルバは納得していないが【大丈夫、大丈夫】と言って押さえ続ける。その様子を見た男達が、手を出してこないと思ったのかニヤッと厭《いや》らしく笑う。

「お嬢ちゃん迷子だろ？　俺達が安全なところに連れてってやるよ」

警戒しているシルバの横に回り込み私の腕を掴んだ。私はシルバがすぐさま噛みつこうするのを手で制止し、男達をじっと見つめて笑ってみせた。

「だいじょぶです。しりあいがおみせにはいってるのでまってるだけです」

だが……男達は益々ニヤニヤと笑みを深め、私の腕を無理やり引っ張り出した。私が引きずられるの前にして、たまらずシルバが大声で吠える。

「ガウゥグルゥウゥ!!」

男達はシルバの威圧に腰を抜かす。シルバの声に気付きベイカーさんが慌てて店から出てきた。

ベイカーさんは私達の様子を見て、瞬時に状況を悟ったのか、鋭く男達を睨みつける。ゆらっとその体が動いた瞬間、ベイカーさんが消えた！

「ぐわぁっ！」

すぐ隣で腕を掴んでいた男が呻《うめ》いたと思ったら、気が付くと私はベイカーさんの腕の中にいた。

あれ？　いつの間に……全然見えなかった……

「おい！　シルバ、お前がいながらどうした！」

シルバの上に私を再び乗せた後、ベイカーさんがシルバを怒鳴りつける。怒っている彼に驚きながら、私は慌ててシルバが悪くないことを説明する。

「シルバはたすけてくれようとしたんだけど……おじちゃんたちが……あ、あばれると……いっしょに……いられないって」

途中から涙が溢れ出てしまい、しゃくりあげながら言葉を絞り出す。

ベイカーさんが怒ったこと、いきなり知らない男達に連れさられそうになったこと。一気に色々と起こり気持ちがついていかない。

「分かった。怖い思いをさせてすまなかったな。シルバ、ミヅキと一緒に店の中に入っていろ」

ベイカーさんに言われて私とシルバは店の中へと入る。騒ぎを見ていたお店のおばさんがこっちだよと、奥へ案内してくれた。

「お嬢ちゃん、災難だったね。あいつら最近この辺りで悪さばかりする流れ者だよ。ベイカーさんが怒ってたから大丈夫さ！」

涙で濡れた顔を拭いてくれながら、優しく声をかけてくれる。

しばらくおばさんと待っていると、ベイカーさんが戻ってきた。駆け寄って大丈夫かと聞いたら、彼はなんともないと笑った。怪我もしてないようでホッと安堵の息を吐く。

「悪かったな。まさかシルバがいてちょっかい出してくる奴がいると思わなかった」

「シルバがあばれたらだめだっていわれた」

「確かに理由もなく暴れたりしたら、主人であるミヅキの責任となり最悪の場合従魔も処分されるが、相手に非がある場合や正当防衛なら抵抗するのは問題ない。きっとミヅキが幼いのをいいことに適当に騙《だま》して連れて行こうとしたんだろう」

【次に会ったら噛み殺してやる】

シルバが怒りのあまり、唸《うな》りながら物騒《ぶっそう》なことを言ってる。

「シウバがころすっていってるぅ……」

シルバの気持ちを訳すとベイカーさんもお店のおばさんもギョッとする。

「いやいや！　殺すのはまずい！　戦闘不能にするくらいで留めてくれ」

「グフゥ」

【シルバと一緒に居られなくなったらやだから、殺すのはなしにしてね】

シルバは不満そうに吠えたが、私が言うと分かったとやっと納得してくれた。

家具屋さんのおばさんにお礼を言ってお店を出る。店先に先程の男達はいない。キョロキョロと周りを見るが町に変わった様子はなかった。

「さっきのひとたちは？」

「ちょっとお仕置きをしてギルドに連行した。きっと今頃ギルドマスター達のお仕置きを受けてるだろうよ」

疑問に思ってベイカーさんに聞いてみると、彼はニヤッと悪そうに笑った。シルバも当然だと鼻を鳴らした。

「俺達は気にせず買いものを続けよう。だが、ミヅキを狙っている奴もいるから警戒は怠《おこた》るなよ」

なんで私なんて狙うんだ？　納得できず「むー？」と頭を捻《ひね》る。

そんな私の横で、ベイカーさんがシルバになにやらアイコンタクトをしている。いつの間にそんなに仲良くなったの!?　一人でモヤモヤしていると、またひょいとシルバに乗せられた。

「さぁ、次は市場のほうに行ってみるか！」

市場！　そんなところがあるのか！

市場に行けると思うと気持ちが高まり、モヤモヤはあっという間にどこかに飛んでいってしまったのだった。

◆

ギルドマスターであるわしのもとに、森が破壊されたと報告があり、信頼の厚いA級冒険者ベイカーにリーダーになってもらい調査を依頼した。

その日のうちに報告に来た冒険者によると、調査の帰りにフェンリルと、そのフェンリルを従魔に従える幼子《おさなご》を保護したらしい。

ベイカーが危険は少ないと判断して、幼子《おさなご》にギルドに登録することを勧めたようだ。

まぁベイカーの考えなら間違いないだろう。報告に来た時にしっかりと見極め、また判断すればいい。危険と分かれば追い出すだけだ。

聞くところによるとかなり見目のいい子供のようだ。ベイカーも骨抜きにされておるようだったとフレイシアが言っていた。明日会うのが楽しみだわい。


次の日、ギルドに訪れたベイカーをマスター室に通すように伝えた。副ギルドマスターのセバスが扉の近くで待機して様子を窺《うかが》っている。抜け目のない奴だ。

部屋に入ってきたベイカーの後ろを、フェンリルと噂の小さい幼子《おさなご》がトコトコとついてくる。

思っていたよりも小さいのぉ。幼子《おさなご》はわしをじっと大きな瞳で窺《うかが》うように見つめてくる。

セバスが後ろから席に座るように声をかけると、ビクッとして後ろを振り返った。セバスを見上げ、少し驚いた顔をしている。

ベイカーにソファーに座るよう言う。ベイカーは子供を抱き上げソファーに下ろして、自分も座った。こいつこんなに面倒見がよかったかなぁ？

とりあえず挨拶《あいさつ》をすると、幼子《おさなご》と思えぬしっかりした返事が返ってきた。

舌っ足らずな喋《しゃべ》りが確かに可愛らしい。そのままセバスを紹介したら、なぜかセバスの挨拶《あいさつ》に頬を染めている。

アイツは見た目がいいからいつもモテる。中身は腹黒なのに……クソッ！

とりあえずベイカーに今までの経緯を報告させたが、まぁ色々出てくるわ、出てくるわ驚きの能力の数々……フェンリルを見た時から思っていたが、意思疎通のできる伝説級の従魔など貴族連中に知られれば利用されかねない。

しかも鑑定スキル持ちで、魔法も初見で発動でき威力も申し分なく、回復魔法も使えるとくれば、教会や王宮からも目をつけられそうだ……まだこんな幼子《おさなご》にそんな汚い世界を見せるのは酷《こく》だ。

ベイカーもどうやら同じ考えで、隠しておきたいようなので、とりあえずここだけの話に留めておくことにする。まぁいつまで抑えておけるかわからないが……

チラッとミヅキと名乗る幼子《おさなご》を見ると、ビクッとして下を向いてしまった。

どうやら自分の存在が迷惑をかけていることを感じ取っているようだった。こんな幼いのにそんな気遣いをするなんて……

いじらしい姿に思わず抱きしめたくなるのを、拳を握って耐えていると、すかさずセバスから注意が飛んできた。別に怖がらせるつもりはねぇよ。


ミヅキの身柄をこのままベイカーが預かることに了承し、書類作成にかこつけて奴を違う部屋に連れて行く。ついでにセバスにミヅキの様子を見てもらい判断してもらおう。

「なんだ、じじい」

部屋に入るなりベイカーが突っかかる。

「じじいじゃねえ！　ギルドマスターと呼べ。まったくすげぇガキを見つけて来たもんだ」

「見捨てられん」

フーッとため息をついてベイカーを見遣る。ベイカーは奥歯を噛みしめ一言、漏らした。

「いつまで隠しておけるか分からないが、できる限りのことはしよう」

そう言って肩を叩くと助かると言って、ベイカーはわしに頭を下げた。そんなベイカーを見ながら、わしはミヅキの姿を脳裏に浮かべる。

「しかし可愛い子供だのぉ。冒険者達が騒ぐのも分かるわい」

「だろ」

ベイカーが誇らしげに胸を張る。すでに一丁前に親ばかのようだ。

「しかし、セバスには容姿がいいだけでは通用せんぞ」

セバスとミヅキを二人にした意味を暗に示し、ニヤッと笑う。ベイカーは余裕の表情で軽く笑い返す。

「多分大丈夫だろ。ミヅキの魔法のセンスは凄い」

「お前がそこまで言うのは珍しいのぉ」

後でセバスの報告が楽しみだわぃ。

部屋に戻ると、ミヅキがセバスと見つめ合い笑っていた。

セバスのあんなに楽しげな顔は久しぶりに見て、目を瞠《みは》る。ベイカーはミヅキが頬を染めて笑っている姿に、大人げなく文句を言う。途端、ミヅキがぷくっと頬を膨らませた。

なんだか小動物みたいで可愛いのぉ、あんな孫にじいちゃんと呼ばれたかったわい。

そんなことを思っていると、セバスがミヅキの頬に指をさし、頬を突《つつ》いた。

その瞬間、「ぷぅー」と可愛い音が部屋に響いた。ミヅキは恥ずかしがりフェンリルのそばに行き顔を隠してしまう。

セバスが笑っとる……いつも穏やかな表情をしているが、声を出して笑っている姿などほぼ見たことがない。これは報告が本当に楽しみだわい。

ニヤッと笑ってミヅキのそばに行き、頭を撫《な》でながら二人の悪口を言うと、パァーッと表情が明るくなりわしに笑いかける。その様子は普通の幼子《おさなご》に見えた。

お礼を言い、たどたどしくギルドマスターと呼ぶので、じいちゃんでいいと抱き上げてやる。ミヅキは天使のような愛らしい笑みを浮かべ、ギュッと首元に抱きついてきた。

「ディムロスじいちゃん、ありがと〜」

邪気のない純粋な笑顔と感謝など久しぶりに受けたわい。これはベイカーが骨抜きになるのも分かるな。

緩む頬をそのままにミヅキを撫《な》で続けていると、ベイカーが勢いよくミヅキを取り上げる。ミヅキの温もりがなくなり、残念な気持ちになる。そんなわしに向かってベイカーが文句を言うが、ミヅキがベイカーに同じように抱きついた途端、奴は見たこともないほどだらしない顔になった。

ベイカー達が帰った後「どうだった？」と、ニヤッと笑いながらセバスに問いかける。

「先程、お二人が出ていってから収納魔法を教えました。あの短時間でものの見事に使いこなしていましたよ」

セバスが笑いながら答える。

収納魔法は使える者も多いが亜空間を創ることを想像できないと難しい。なので子供には難易度が高く、収納魔法は大人になってから覚えるのが常識だ。

間違って収納魔法を開けっ放しにしてしまうと、自分自身を吸い込んでしまい、亜空間に迷い込んでしまう。そのため、収納魔法を教わる時は、自分より上位の魔法士についていてもらわないとならない。セバスを疑うわけではないが心配になる。

「ちゃんと扉を閉められたのか?」

「きちんと閉じていましたよ。必ず閉じることを伝えたらしっかり頷いていました」

セバスはそう言って、微笑んだ。

「たく! その顔で教えたのかよ。可哀想に……ちゃんと伝わってるのか?」

セバスの笑顔はパッと見、微笑んでいるようにしか見えないが、こやつの本質を知る者が見れば背筋がゾクッとするに違いない。逆らってはいけないと本能で感じる。

ミヅキがセバスの本質に気付いている訳がないが……

「私が笑いかけた時、一瞬真顔になりましたから、多分分かっているでしょう」

「マジか……」

その時のことを思い出しているのか、楽しそうに笑うセバス。思わず呟くと「はい」と微笑んだ。……まったくいい性格をしている。

「楽しそうだな……お前の笑っているところなんぞ久しぶりに見たわぃ」

「ふふ、私も久しぶりに本気で笑いました。あとは、また魔法を教えて欲しいと言うので理由を聞くと、あの二人の助けになりたいとのことでした。大変可愛らしいですが、まだ小さい子供なのだからもう少し甘えてもいいように思います。あの子は少し聡《さと》すぎますね」

と、心配そうに言うセバスに、わしは苦笑を返した。

こやつにここまで言わせるとは、ミヅキ、相当気に入られてるな……まぁわしもかなり気に入っているが。


ミヅキ達が出ていってからしばらくギルドの仕事をしていると、下が騒がしくなった。

何事かと思ってセバスと下に降りると、ベイカーが小汚い男達三人を引きずって連れてきていた。

とりあえず個室に連れて行き事情を聞けば、この男達はミヅキを連れ去ろうとしたらしい。

最近この辺りで悪さをしていると苦情の入っていた連中だ。これ以上悪さをするならそれなりの罰を与えようと考えていたところだった。

「ミヅキが待ってるから俺はとりあえず帰る。ギルマス、後はよろしくな！」

ベイカーは、サッサと部屋を出ようとする。余程早くミヅキのもとに戻りたいのだろう。出口でセバスとなにやら言葉を少し交わして、あっという間に出ていってしまった。

「なんの話をしてたんだ？」

「後で……お話しします。今はコイツらのお仕置きが先でしょう……」

戻ってきたセバスに聞くと、笑顔の後ろに黒いオーラがたちこめている。なんだかすげぇ怒っているなぁ……男達の前に立つと目を据わらせて、殺気を飛ばしている。

「「ヒイィィ〜」」

セバスの顔を見て、男達が後ずさりする。なぜか怒気が半端ない……ここはセバスに任せてわしは退散することにしよう。よろしくと声をかけて部屋を出た。

しばらくして、いつもの様子に戻ったセバスが帰ってきた。無事、怒りを発散できたようだ……あの男達に少し同情する。

話を聞くと、どうやらミヅキの容姿に目をつけ、貴族に高く売りつけようと企《たくら》んでいたらしい。前言撤回だ、わしが尋問すればよかった。

男達は今までの素行の悪さから奴隷《どれい》落ちとすることにした。

「しかしセバス、なんであんなに怒っとったんだ？」

あいつらから直接迷惑を被《こうむ》ったわけでもないのに、こやつが感情で動くのは珍しい。

「先程ベイカーさんに言われたのですが、ミヅキさんはやはり私の本質に薄々気付かれたようでした。私も気にしてはいませんでしたが……彼女はそれに気が付いてなお、私を大好きだと言ったそうなのです」

可愛い彼女を恐ろしい目に遭わせたと思うと、怒りを抑えられなくて……とセバスは苦笑気味に話した。でも、どこか嬉しそうだ。

ベイカーと話していたのはそのことか！　なるほど、先程怒っていた気持ちも分かる。

あいつらも間の悪い時にミヅキに手を出したもんだ。ミヅキと知り合う前ならもう少し穏便《おんびん》に対応してもらえただろうに。まぁミヅキに手を出したんだ、妥当《だとう》な対処だろう。

しかしこれからもミヅキに手を出す奴らが増えるかもしれん。冒険者達に警告を出しておかなければ！　いつもなら反対されそうだか、今回はセバスも賛成するだろう……

わしはニヤッと笑ってセバスに声をかけた。

五　市場

家具屋を出てしばらく歩き、お店がズラッと立ち並ぶ人通りの多い通りにやってきた。

「さぁ、ここが市場だ！　大体の食材はここで買えるぞ、端から見ていくから気になるものがあったら言えよ」

意気揚々と言うベイカーさんに、私はうんうんと勢いよく頷いて応える。人が多いので気をつけながら、シルバに乗ってベイカーさんと並んで進む。

あっ、あれは八百屋《やおや》かな？　大体置いてるのは前世で見たものに似てるけど……色や味が違かったりするのかな？

「ベイカーさん、あれはなんですか？」

変な色のじゃがいもみたいなものを指差す。

「あれは芋《いも》だ、茹《ゆ》でて食べる。味もなくてそんなに美味《おい》しくないが、安いからよく出回っているな」

おお！　やっぱり芋《いも》だ！　味はどんなかな？

「おいもほしい！」

あれは？　あれは？　と気になる野菜を指差し買ってもらう。

よかった〜、異世界でも大体同じ食材みたい！　見たことのない食材もあるけど、異世界野菜、食べてみたいなぁ……

頭の中でどう料理しようかと考える。あとはお肉とお魚、調味料が見たいな。

キョロキョロと周囲を見回し、お肉屋さんらしきお店を見つけた。ベイカーさんの服をつんつん引っ張る。

「あれ！　あれはおにくやさん？」

「ん、どれどれ。あぁ、そうだ。行ってみるか？」

「あい！」

手を上げて元気に答える。ベイカーさんは目元を緩めて、肉屋に連れていってくれた。

「よう！　親父！」

「おう！　ベイカーさんまいど！　ん？　なんだ子供ができたのか？」

ベイカーさんが店主のおじさんに声をかけた。おじさんは私を見てびっくりしている。

「いや、ちょっと色々あって面倒見ることになったミヅキだ。下のがフェ……グレートウルフのシルバ、ミヅキの従魔なんだ。これからここにも来ることになると思うからよろしくな！」

「グゥルル」

私とシルバを紹介してくれるのを聞いて、シルバが不機嫌そうに唸《うな》る。

【俺はグレートウルフなんぞという低俗な魔物ではないぞ】

納得いかんと怒っている。ベイカーさんは「フェンリルなんて言うとまずいから、話を合わせておけ」とボソッと言った。こくんと頷き、シルバの背中を撫《な》でてやる。

【だって、シルバごめんね】

【ミヅキがそう言うなら仕方ない】

大人しくしてくれたシルバに【ありがとう】と言って、肉屋のおじさんに笑いかける。

「ミヅキです、よろしくおねがいします」

「えらく可愛い子だな、おじさんは肉屋のマックスだ。ミヅキ、肉は好きか？」

「すきー！」

すかさず答えた。お肉屋さんはそうかそうかと満足そうに笑っている。ちらりと横に目を向けると、大きい肉の塊《かたまり》がズラーッと並んでいる。

なんの肉か全然分からないなぁ……ん？　もしかしてコレって、鑑定を使えばどんな肉か分かるんじゃない？

我ながらいい考えだ。肉を見ながらさっそく鑑定をしてみる。

鑑定！　と頭の中で唱えると、ステータスパネルに文字が浮かんだ。

〈ロックバード……前世でいう鶏肉のような味〉

はっ⁉　前世？　なぜか鑑定に前世を対象にした説明が出た……。助かるけど、コレって言わないほうがいいやつだよね……？

流石《さすが》の私も親切仕様に顔が引きつる。

それにロックバードってなんだろ。そんな鳥いたかなぁ？

頭を捻《ひね》っていると「どうした？」とベイカーさんが聞いてくる。

「ベイカーさん、このおにくなあに？」

「これはロックバードの肉だ。結構美味《うま》いぞー！」

「ロックバードってなんですか？」

「ロックバードか？　魔物だぞ。ギルドの討伐依頼にもよく出てるやつだ！」

えっ、魔物を食べるの？　まさか、と思い違うお肉も鑑定していく。

〈オーク……前世でいう豚肉のような味〉

〈ミノタウロス……前世でいう牛肉のような味〉

〈サーペント……前世でいう白身魚のような味〉

なんか全部魔物みたい。

「まものって……たべられるの？」

「朝食べたのも魔物の肉だぞ」

恐る恐る尋ねた質問に、ベイカーさんはあっさり答えた。

あーですよね……でも美味《おい》しかったしいっか！　美味《おい》しいは正義！　皆食べてるし大丈夫、気にしない！　異世界に来たんだから、異世界のルールに合わせよう！

あっさり受け入れて、ベイカーさんに頼んで一通り肉を手に入れた。

「あ、あとロックバードのほねってありますか？」

「そんなもんどうすんだ？」

お肉屋さんが不思議そうな顔をして尋ねた。鶏ガラは色々使えるからねぇ。

どうしても欲しいと言って、ベイカーさんに頼み込む。

「骨なんて捨てるだけだから持ってきな！」

お肉屋さんが気前よくタダでくれたので、ありがたく受け取り、手を振ってお店を後にした。

さっきの鑑定で、サーペントが白身魚みたいな味って出てたけど……魚屋はないのかな？

「ベイカーさん、おさかなってうってますか？」

「魚か？　うーんここら辺だとあまり見ないな、海の近くの町なら売っているが……」

どうやらここら辺は内陸部のようで、海の食材は手に入れるのが難しいようだ。ならば。

「ちょうみりょうってありましゅか？」

「ちょうみりょう？　ってなんだ？」

ベイカーさんは目をしばたたかせて、首を傾げた。こっちでは調味料って言わないのかな？

「おしおとかこしょうのことでしゅ」

「ああ！　スパイスか。それなら調合薬屋だな」

【うっ！】

調合薬屋の目の前にたどり着いた途端、シルバが急に脚を止める。どこか調子が悪そうなシルバを心配して声をかけた。

【どうしたの？】

【鼻がもげそうだ！　色んな臭いが混ざってたまらん】

シルバは鼻先にシワを寄せて、ズルズルと後ずさる。

【シルバは鼻がいいから辛いかもね。ベイカーさんとお店に入ってくるから、シルバは少し離れて待ってて】

よいしょっとシルバから降りて、ベイカーさんの袖《そで》を掴んだ。

「ベイカーさん、シルバ、おはながいたいからここでまってるって」

「ああ！　なるほど。じゃ、シルバ、ちょっと待っててくれ。ミヅキは俺がちゃんと見ておくから」

ベイカーさんはハッとして、シルバを振り返り、申し訳なさげに告げた。そして、私の手を取って歩き出す。シルバは店から離れた木の下で横になり、こちらをじっと見つめていた。

お店の中には、色々な香辛料の香りが漂《ただよ》っていた。確かに鼻のいいシルバにこれはキツイかもしれない。店内には、瓶に入って売っているものから、そのままの形で置いてあったり、天井から吊るされ干されていたりと様々な香辛料が売られていた。

手当たり次第どんどん鑑定しながら、ベイカーさんに欲しいものを指差し取ってもらう。

「これをなにに使うんだ？」

「おりょうりだよー」

「はっ？」

不審がっているベイカーさんに、なにを当たり前のことを聞くのかと答えた。しかし、ベイカーさんはびっくりしている。

「いや、今持ってるのは魔物避けとかを作る材料だぞ」

そんな説明をされて逆にびっくりだ。異世界だと調味料って使わないのかな？　勿体《もったい》ない。

「だいじょぶ、おいしくなるからー」

笑って買って欲しいと頼む。ベイカーさんは、まぁいいかと言われたものを手に取ってくれる。優しいね。

大体めぼしいものを手に入れられたので大満足でシルバのもとに向かう。店を出て目が合うと、シルバはすっくと起き上がった。私の姿を見て尻尾を振っている。なんて可愛い子なんだ！

【変な奴に絡まれなかったか？】

【大丈夫だよ！　ベイカーさんも一緒だったし、そうそう変な人に絡まれたりしないよ～】

鼻先を近づけ匂いを嗅《か》いでくるシルバ。心配性だなとクスクスと笑うと、シルバは呆れた様子でため息をついた。

そんなこんなで市場で買いものも済ませて、私達はベイカーさんの家へ帰った。家の中に入り、ベイカーさんが明るい声で話しかけてくる。

「さぁ、腹減ったから飯を作ろう！　ミヅキ、色々教えてくれるんだろ？」

「うん！　まかせて！」

ベイカーさんがいつもの爽やかな笑顔で私を見下ろす。

こんなにお世話になってるんだから、美味《おい》しいものを作ってあげよう！　私はやる気を見せて腕まくりをした。


「じゃあベイカーさん、かってきたおやさいだして」

二人でキッチンに立ち、さっそくベイカーさんにお願いする。ベイカーさんは頷いて、テーブルに買ってきた野菜を出してくれた。

「まず、おいもかな？　おなべはありますか？」

ベイカーさんはさっとお鍋とフライパンを出してくれた。魔法でお鍋に水を入れてもらう。芋《いも》を洗うのにまた水を出してもらおうと思ったところでちょっと考える。

あれ？　私、魔法使えるんじゃないかな……？

芋《いも》を持ちながら魔力の流れを感じる。

水、水、シャボン玉のように膜を作って……

「ウォーター」

唱えた瞬間、ぽよよんと水の塊《かたまり》が空中に浮かんだ。

「できた！」

「よくできたな」

ベイカーさんはうんうんと笑みを浮かべて、頭を撫《な》でてくれる。そして、満面の笑みのまま、

「もう驚かんぞっ」とボソッと呟いた。

私は「えへへっ」と喜んで芋《いも》を洗う。芽を取るのはベイカーさんにやってもらいそのまま鍋に入れていく。

「ひをつけてください」

火はまだ危ないからと、火魔法を使うのは禁止されたのだ。しばらく茹《ゆ》でて、フォークで刺してみる。中まで刺さることを確認して火を止めてもらった。

「おゆをすててください」

ホカホカと湯気が立つ。芋《いも》を皿に取って真ん中をナイフで切ってもらい、塩をパラパラとかけてベイカーさんと更に半分こして味見した。

うん！　じゃがいもだね！　ホクホクしてうまーい。

「なんだこれ⁉　塩をかけるだけでこんなに美味《うま》くなるんだな！」

ベイカーさんはもう半分にも塩をかけて、あっという間に食べてしまった。

「おいもは、ばんのうやさいだよー」

色々な芋《いも》料理を思い浮かべながら、胸を張って言う。それは楽しみだなとベイカーさんも嬉しそうだ。

【ミヅキ、俺にもくれ】

シルバが後ろでウロウロしているので、芋《いも》を一個手に取り、フーフーと息を吹きかけ冷ましてやってから、塩をかけてシルバに差し出した。

シルバはバクッと一口で食べてしまう。

【芋《いも》とはもっと固くて味気ないものと思っていたが、美味《うま》いもんだな！】

シルバにも好評だ。でも固いって、絶対生で食べてたよね……

「ほかのおいももはんぶんこしてください」

残っている芋《いも》をナイフでドンドン切ってもらい、切った面を上にして上からチーズをかける。

とりあえずそこまでで置いておき、次に、玉ねぎに似た野菜を繊維《せんい》に沿って薄切りにしてフライパンでじっくり炒《いた》めてもらう。一口味見をしてみると……うん！　玉ねぎだ！

【あっ！　シルバはこれ食べたことある？　大丈夫？】

犬には玉ねぎはよくないと思い聞いてみる。シルバは問題ないと言って、尻尾を大きく振った。

そのままアメ色になるまで炒《いた》めてもらい、その間にまた鍋を用意する。

「ウォーター♪」

ふふ！　魔法って便利～！

「ベイカーさん！　おにくやさんでもらったロックバードのホネをここにいれてください」

水を入れた鍋を指し、ベイカーさんがぽちゃんぽちゃんと骨を入れて火にかける。

グツグツ煮込んでアクが出てきたら丁寧に取っていく。よく煮込んで骨を取り出し、炒《いた》めてもらった玉ねぎを鍋に入れて、塩こしょうで味を調える。スプーンで少しすくってふぅふぅと冷まし味見する。

うん！　オニオンスープの出来上がり！

スープを木のお皿にすくってテーブルに置いて、先程の芋《いも》を持ってくる。

「うえからひであぶってくだしゃい」

お願いして少し離れる。ベイカーさんに火魔法でチーズを溶かしてもらい、チーズに焦げ目がつくぐらいで止めてもらう。それから、シルバの分を皿に取り分けてやる。

「はい！　オニオンスープとチーズポテトのできあがりですっ」

完成とバーンと手を広げると、ベイカーさんが「おお！」と大袈裟《おおげさ》に喜んでくれた。

「さぁ、食べようぜ」

ベイカーさんがササッとパンをスライスしてくれ、私とシルバの皿に載せる。

「「いただきます」」

手を合わせて、わくわくしながら食べ始める。

まずはスープから。うーん、ホッとする味、初めての食材でも美味《おい》しくできている。チーズポテトは……熱々でチーズの塩味とのバランスがバッチリ！

ちらっとベイカーさんを見ると、凄い勢いでかき込んでいる。結構作ったけど、足りるかな？

シルバもガツガツとポテトを平らげていく。スープはまだ熱いらしく、手をつけていなかった。

二人とも気に入ったみたいでよかったと安堵して、私も自分の食事に集中した。

「ふぅ〜、腹いっぱいだぁ〜」

ベイカーさんが満足そうにソファーに横になっている。

「ベイカーさん、たべてすぐねると、ぶたしゃんになっちゃうよ」

「ぶた？　ぶたってオークのことか？　それは困るな……」

ベイカーさんは慌てて起き上がり、ソファーにちゃんと腰掛けた。

隣に座らせてもらい魔法の練習を見てもらう。

「ベイカーさん、みててねー」

魔力を練り、扇風機みたいに涼しい風！　と心の中でイメージする。ベイカーさんに向かって手を差し出すと涼しい風が吹いた。

「そうふう〜」

「あぁ！　涼しくて気持ちいいなぁ〜」

ベイカーさんは目を細めて気持ちよさそうにしている。

「ミヅキの魔法は面白いな、水魔法にしても、風魔法にしても普通とは違う。ミヅキオリジナルの魔法に感じるよ」

えっ！　皆、それぞれ自分の魔法を使ってるんじゃないの？

「みんなとちがうの？」

「違うな、皆ミヅキほどの発想力や想像力はない。水魔法にしても空中で固定するなんてなかなかできないぞ」

先程の料理の時に見せた水魔法のことを言われる。

「風魔法も基本は〝エアカッター〟みたいに敵を切り裂く時に使う攻撃魔法だ」

ベイカーさんが風魔法でテーブルの上にあった置物を真っ二つにしてしまった。

鎌鼬《かまいたち》みたい！　前に見たシルバの魔法の小型バージョンかな。チラッとシルバを見る。

「ミヅキみたいに涼しい風を送るなんて面白いな。考えつかんよ」

ベイカーさんが私に向かって涼しい風を出してくれる。

「明日はギルドに行って講習を受ける。その後、時間があれば森に行って少し攻撃魔法の練習でもしてみるか？」

ベイカーさんが魅力的な提案をする。私はテンションが上がり、勢いよく返事をした。

「あい！」

……あれ？　その前に講習ってなんだ？

「こうしゅうってなんでしゅか？」

興奮して聞き逃すところだった。

「初めて冒険者になる者には講習を受けてもらうんだ。新人冒険者二、三人に対して一人の講師役がつく。ミヅキも明日その講習に参加してみろ」

免許を取るための講習所みたいなものだろうか。でも色々教えてもらえるのは助かる。

「ただそれに俺は参加できない。講師役に立候補したんだが、ギルマスから駄目だと言われてな……」

申し訳なさそうな顔で、ベイカーさんは項垂《うなだ》れた。

いやいや、ベイカーさんが講師だと甘やかされそうだし。ディムロスさんが駄目って言うのも分かる気がする。ひとまず大丈夫と言って、笑って流す。

「シルバは従魔だから参加できるが、講師と顔合わせをする場所には入れないんだ」

「ガウッ！」

【なんでだ！】

シルバは納得できない模様だ。

「新人冒険者が集まるところに、シルバみたいなフェンリルがいたらまずいだろ」

ベイカーさんは我慢しろよと苦笑いする。しかし、シルバは他の従魔は大丈夫なのに自分はなぜ駄目なんだと不満そうだった。

「森に行く時は一緒に行けるから、大人しく外で待っててくれよ」

手を合わせて頼むベイカーさん。

【シルバ、ギルドの中だから心配ないよ！　ディムロスじいちゃんやセバスさんもいるしね】

安心して待っててね、と首元にギュッと抱きついた。シルバは仕方ない……と私の頬をペロリと舐《な》める。

それにしても、講習ってどんなことするんだろ。楽しみだなぁ。

私は明日のことを思って、わくわくしながら眠りについた。

六　傷痕《きずあと》

翌朝。私は一人で皆のご飯の用意をしていた。今日の講習が楽しみで早く起きてしまったのだ。

「おはよう、ミヅキ早いな」

「おはようごじゃいます！　ベイカーさん、きてきて」

ベイカーさんがあくびをしながら起きてきた。

私は待ってましたとばかりに彼を手招きする。

「ベイカーさん、ひ、おねがい！」

「あぁ、ちゃんと約束を守って偉いな」

ある程度下ごしらえをしたが、火が使えないのでなかなか不便だ。

ベイカーさんは褒《ほ》めながら火魔法で火をつけてくれる。昨日のオニオンスープを温めると、ベイカーさんにパンを切ってもらい、スープにパンを浸して上からチーズを載せた。

「あぶって～」

チーズを溶かしてもらって、オニオングラタンスープの出来上がりだ！

後は昨日買ったオーク肉に下味をつけて湯がき、茹《ゆ》でオークを作る。

それをベイカーさんに薄くスライスしてもらう。玉ねぎも薄くスライスして、パンに挟んで茹《ゆ》で豚サンドならぬ茹《ゆ》でオークサンドの出来上がり！

「「いただきます」」

朝からたっぷりと食べて講習に備える。


朝食を終えて、私はシルバの背に乗り、ベイカーさんとギルドに向かった。

ギルドに着き、受付の人と話してくるとベイカーさんが行ってしまったので、依頼書が貼ってある場所をながめて時間を潰す。色んな依頼があるなぁ。

ぼんやり見ていたらベイカーさんに呼ばれたので、トコトコと歩いて向かった。ギルドの一階の奥に少し広い部屋があり、そこに集まるように言われる。

「じゃあシルバは外に訓練施設があるから、そこで待っていてくれ」

渋々出ていくシルバの後ろ姿を見送りつつ、またねと手を振っておいた。

「ミヅキ行くぞ、俺もついて行くが口は出せん。それが条件で見に行けるからな」

最後のほうはボソッと呟いていたけど、しっかりと聞こえたよ……どれだけついてきたかったんだろ、過保護過ぎないか？　なにかやらかしそうだと思われているのかもしれない。

目立たないようにして、迷惑をかけないようにしようと心に決めた。

部屋の中では、講師役と新人冒険者とが綺麗に分かれて座っていた。私もベイカーさんと離れて、冒険者の列の端にちょこんと座った。

講師役が五人に、新人冒険者が自分を入れて十二人座っている。

新人冒険者は私ほどではないが、何人か子供も交じっていて比較的皆幼い。講師役のほうを見て、一人の男性に目が行き私は息を呑んだ。

あれって、もしかしてもしかすると！

興奮して目を見開く。視線の先には、前世で言うところの忍者のような格好をした講師がいた！

やばい！　やばい！　あれって忍者だよね。うわぁーいいなぁ！　かっこいい！　あの人に教えてもらいたい！

一人興奮して落ち着きのない私を心配して、ベイカーさんがそばに来た。心配そうに顔を覗いてくる。

「大丈夫か？　ミヅキ」

「べ、ベイカーさん！　こうしってどうやってきめるんでしゅか？　も、もうきまっちゃってるんでしゅか？」

嚙み嚙みになりながら食い気味に聞く。

「お、おお……講師役は決まってないぞ、これから講師役が自己紹介をする。それで自分が目指している、または合っていると思う講師のところに行くんだ」

そう聞いてガッツポーズをする。

やった！　選べる！　絶対あの忍者のところに行こう！

「なんだ？　気になる講師がいるのか？」

ベイカーさんがどいつだと講師役に目を向ける。

「な、なんでもないです！　きいてみただけですっ」

恥ずかしくなりベイカーさんをグイグイ押して遠ざけた。

その時、副ギルドマスターのセバスさんが扉を開けて入ってきた。ベイカーさんも諦めてくれて、やっと壁際に戻って行った。

セバスさんと目が合い、こちらを見てにっこりと笑う。

「では、これより新人冒険者の講習会を始めます。これから講師役の冒険者の皆さんに職業とよく受ける依頼内容を言ってもらいます。自分に合った講師のもとに行き講習を受けてください」

セバスさんはそう言って講師役に合図を送り、ベイカーさんのそばに歩いて行った。ちらっとまた私のほうを見たので嬉しくなり、にぱっと笑って軽く手を振ってしまった。

「では、まず私から……」

一番手前に座っていた講師役の人が立ち上がった。格好からして魔法使いっぽい。地味な色のローブを着ていて杖を持っている。

絶対、魔法使いだよねー！

「私は魔法使いのネルギルだ。パーティでは、後方でサポート役を担当する。よく受ける依頼は討伐と護衛が多いな」

よろしくと軽く挨拶《あいさつ》をして、彼は静かに席に座る。すかさずその隣の席の人が立った。

「俺はラベルだ。戦士をしている！　斧《おの》や大剣を使いパーティでは先陣を切る！　討伐が得意だ！」

馬鹿でかい声で言うと、何人かの男の子達がカッコイイなぁと言っていた……マジか？

いちいちポーズを取る姿はボディビルダーのようだ。うん、あれは脳筋だな。

次の人が立ち上がると、

「俺は剣士のライアンだ。討伐も受けるが採取も受けるぞ、護衛が一番多いかな」

ニコッと爽やかに笑った。にわかに女の子達がきゃぁ～と黄色い声をあげて騒ぎ出す。ライアンはそんな女の子達にヒラヒラと手を振った。

「ロクサーヌ。弓使い。エルフ。採取は得意」

今度はすんごい美人な女の子だ。男の子も女の子も見惚《みと》れてぽ～となっている。その次は——

「コジローだ……短剣使い……なんでもやる……」

ついに待っていた講師の番が来た！　なんか前世でよくありそうな名前だ。

彼の暗すぎる自己紹介に、場はシーンと静まる。そんな中、私だけが一人興奮して鼻息を荒くしていた。

焦げ茶の髪が右目部分を隠していて、口元は布で隠れていてほとんど顔が見えない。

そんな容姿も他の冒険者達には気味が悪く映ったようだが、私的にはそこがまた忍者っぽくてポイントが高かった。

「では、講師を選んでください」

セバスさんが声をかけると、皆、思い思いに動き出す。

魔法使いのところには三人、大剣使いの戦士には同類の脳筋ぽい男の子が三人、イケメン剣士には女の子が三人、弓使いのエルフには二人、新人冒険者がついた。

私は迷わず忍者のもとに走った。

「よろしくおねがいします」

「あ、ああ」

コジローさんの前に行き、ペコッと頭を下げた。コジローさんがやや驚いた表情で返事をしてくれる。

やった！　忍者の講師ゲットだ！

私は、無事コジローさんが自分の講師になったことに喜んでいて、周りがザワついていることにまったく気が付いてなかった。どんなことを教えてもらおうかとウキウキする。

「そこの子、君は本当にそいつが講師でいいのかい？　もし嫌なら俺のところに来てもいいよ」

突然、イケメン剣士のライアンが話しかけてきた。

は？　なんだコイツ……。私に言ってるのか？

キョロキョロと周りを見るが、いるのは私だけだった。

やっぱり私に話しかけてるのか。自分で選んだのに、なんでそっちにいかなきゃ行けないんだ。

「だいじょうぶです」

余計なお世話だと思いながら、ぶんぶんと首を横に振る。しかし、ライアンは執拗《しつよう》だった。

「人数を気にしているなら大丈夫だ。四人くらいなら問題ないよ」

よかれと思ってか、ライアンが爽やかな笑顔で誘ってくる。ライアンを選んだ子達がその笑顔にきゃっきゃっと喜んでいる。

なんだよ……しつこいなぁ！　ほっといてよ！

断っているのに通じないので、この勘違いイケメンにはっきりと言うことにした。

「わたしはコジローさんがいいです。ほかのところにうちゅるきはありません」

すみませんと言って、頭を下げた。頭を上げると、部屋の端にいるセバスさんが口を押さえて笑っているのが見えた。

「おまえは……オレでいいのか？」

突然、ずっと黙っていたコジローさんが口を開いた。

下からコジローさんの顔を覗くと、髪の毛の隙間から彼の瞳が見えた。その瞳は不安そうに揺れ、髪の毛で隠している右目に深い傷痕《きずあと》が見える。

その表情に思わずコジローさんの足にギュッとつかまった。

「コジローさんがいいんです。わたしにいろいろおしえてください」

離すまいと更に腕の力を強め、彼の足にしがみつく。コジローさんはそんな私の様子に困惑しているようだった。

ライアンはふんっと顎を上げて、白けた表情で三人の新人冒険者のもとに戻っていく。

「どうやら組が決まったようですね。では各々別れて講習をはじめてください」

セバスさんが皆に声をかけた。

私達は部屋の端のほうのテーブルに座ることにした。

「ミ、ヅ、キです。よろしくおねがいします」

自分の名前を噛まないようにはっきり、ゆっくりと挨拶《あいさつ》した。

「ミヅキ……。本当にオレでよかったのか？」

まだ不安げにコジローさんが聞いてくる。

「そうです！　コジローさんが！　よかったんです」

だって忍者だし！　なんか名前も日本ぽいし、絶対色々聞きまくってやる。

鼻息荒く言う私を見て、コジローさんは髪の毛を上げて、右目の傷痕《きずあと》をあらわにした。

「こんな醜《みにく》い傷痕《きずあと》があるんだ……怖くないか？　今ならまだ講師を替えられるぞ」

悲しそうな瞳でチラッと見つめてくる。

言葉と表情が合ってないよ……

なんだか寂《さび》しい気持ちになり、私は手を伸ばして、目を合わせるのを避けているコジローさんの傷痕《きずあと》にそっと触れた。そして、もう治ってるであろう傷をそっと撫《な》でる。

「いたいですか？」

「もう痛くないよ」

コジローさんは力なく首を振り、悲しそうに笑った。

なんて痛々しい顔で痛くないって言うんだ……

「いたいの〜いたいの〜とんでけー」

私はたまらずそう言って、傷痕《きずあと》を優しく撫《な》でさすり、ぽいっと手を上げた。

コジローさんは私の仕草《しぐさ》に目を見開き驚いていた。子供っぽかったかな……

恥ずかしくなり、「えへへ」と誤魔化《ごまか》しつつ笑った。

「ありがとうミヅキ。これから……よろしくな」

コジローさんは憑《つ》きものが落ちたような笑みを浮かべる。

はあぁぁぁ～！　コジローさん超絶イケメン！　傷痕《きずあと》が痛々しいが、そこがまた儚《はかな》げな雰囲気に似合っていてかっこいい！　笑い慣れてない感じが更にいい！

「コジローさんのきずあとかっこいいです。わたしもほっぺにほしいです」

私は一人興奮し、自分の頬をコジローさんに突き出す。

「「「絶対駄目だ！」」」

コジローさんとベイカーさん、セバスさんが声を揃えて叫んだ。

大きな声にビクッと肩を揺らす。後ろを振り返ると、いつの間にかベイカーさんとセバスさんが近くに来ていた。

「ミヅキ、傷なんてつけてみろ。シルバが黙ってないぞ」

ベイカーさんが脅《おど》すように言ってくる。確かにシルバに怒られそうだな……しかし……

「はーい」

とりあえず適当に返事をしておく。

わざとじゃなければいいよね！　不可抗力でついちゃったら許してくれるだろう。

うんうんと一人で頷いていたら、隣に立つセバスさんが口を開いた。

「ミヅキさん、その可愛いお顔に傷なんてつけたら、暴れ回る人達が沢山いますよ。もちろん私もその一人です」

セバスさんがにっこり笑いかけてくる。なんかその顔、笑ってないよね！

「は、はい！　けがしないようにきをつけます」

まったく目が笑っていないセバスさんに、慌てて返事をした。するとセバスさんの空気がふっと柔らかくなる。頭を撫《な》でられ、私はホッと息をついた。

「そうしてください」

「オレもミヅキが怪我をするのは嫌だ。気を付けてくれ」

傷がついてるコジローさんにまで本気で心配されてしまい、私の頬にかっこいい傷痕《きずあと》作戦は中止することになった。

◆

ギルマスことギルドマスターから呼び出されて、オレはギルドに向かっていた。

ギルドに着き、誰にも気付かれないように隠密のスキルを使いギルマスの部屋に向かう。スキルを解きノックをすると、「どうぞ」と中からセバスさんの声がしたので部屋へ入った。

「コジローさん、またスキルを使ってここまで来たのですか」

セバスさんに苦笑される。しかし、もう目立つようなことをしたくはない……

以前組んでいたパーティで、身の丈に合わない依頼をリーダーが受けてしまい、パーティが全滅しそうになったことがあった。

既《すんで》のところで、違う依頼で近くを通ったA級冒険者に助けられたが、オレは右目に深い傷を負い命からがら帰ってきたのだ。

傷の治療を終えやっとギルドに戻ると、依頼を受けたのはオレのせいだということになっていた。

メンバー達からは責められ、その場ですぐパーティから追い出されてしまった。

その後もパーティを全滅させた男、とやってもいない噂が立ち、右目の傷痕《きずあと》も気味が悪いと敬遠され、次第にオレは人目を避けるようになっていった。

依頼を受けるのは一人でもできる。

もうパーティを組むことも、人と付き合うことも怖くなってしまっていた。


「お呼びですか？　ギルマス」

椅子にどっかりと座り、ニコニコと笑っているギルマスに声をかける。ギルマスやセバスさんはこんなオレを心配して、よく声をかけてくれる数少ない人達だ。

用件を聞くと、今度の新人講習の講師役をしろと言われる。

確かにB級以上になると任される仕事だが、オレの境遇を考慮してずっと見送られていた。

「受けなければいけませんか……」

どうにか逃れられないか。縋《すが》るように尋ねたものの、ギルマスはすまんなと苦笑する。

「まぁ、ちょっとやってみろ。もし今回、新人冒険者が誰もお前に講師役を頼みに来なければ、これからずっと講師役を免除してやる！」

ギルマスの提案にじっと考え込む。

今回限り我慢すれば、もうこの仕事を受けなくていいのは魅力的だ。それにオレに教えを乞いたいやつがいるとは思えない。

「分かった……」

しぶしぶ頷くと、ギルマスは満足そうに笑っている。きっとオレは彼の期待には応《こた》えられないだろう……それが心苦しい。

それから、詳しいことはセバスさんに聞けと言われる。

「コジローさん、明日の新人講習は午前の部の担当をお願いいたします。他の講師役はネルギルさん、ラベルさん、ライアンさん、ロクサーヌさんです」

「なぜ……ライアンがいる」

知った名前があがり、思わずセバスさんを睨みつける。

このライアンこそ、オレを追い出したパーティのリーダーだった奴だ。

「ライアンさんは定期的にこの仕事を受けてくれています。この依頼でしたら危険も少ないし、問題ないですからね」

感情のよく分からない笑顔で言われてしまう。セバスさんの表情を読むのは難しい。

「大丈夫ですよ。今回は」

オレの不安を感じ取ったのか、妙に自信ある言い方をする。ギルマスに了承してしまっているのでもう断ることはできない。
ペコッと頭を下げて部屋を出ようとすると、ギルマスがよろしくな、とニヤッと笑った。

次の日。オレは憂鬱《ゆううつ》な気持ちで、朝からギルドに来ていた。講習の行われる部屋で目立たないように待っていると、ライアンが入ってきた。

周りを見回し、オレがいることに気が付いた彼は、不機嫌な顔を隠そうともせずに凄い勢いで近づいてきた。

「おい、なにをしている」

ドンッと肩を押されて睨みつけられた。しかし、オレはなにも答えず目を逸らす。

「ここは、お前が来るようなところじゃないんだよ。その気味の悪い顔を新人達に見せるんじゃない！」

出ていけとばかりに入口を指差すライアン。

オレだって、好きで来たわけじゃない。

「ギルマスからの指示だ……」

それだけ答えると、ライアンはチッと舌打ちし、他の講師役のほうに向かった。思ったよりも絡んで来なくてホッとする。それからオレは目立たないよう、更に部屋の端に身を寄せた。

しばらくして、新人冒険者達がぞくぞくと集まってきた。

講師役の席に座り開始時刻を待っていると、A級冒険者のベイカーさんが入ってきた。

後ろに小さな幼子《おさなご》を連れている。ベイカーさんが人を連れているのは珍しいと思い、無意識に目で追う。

ベイカーさんはなにか幼子《おさなご》に言葉をかけた後、離れて壁際に向かい、幼子《おさなご》を心配そうに見つめている。

オレもなんとなく幼子《おさなご》に視線を移す。幼子《おさなご》はこちらを見て驚いた表情をしたかと思うと、瞬時に顔を俯《うつむ》け、そわそわと落ち着かない様子だった。

きっとオレを見て、怖がっているのだろう……

ちくりと胸が痛み、オレはサッと顔を隠した。

ベイカーさんが落ち着きのない幼子《おさなご》のそばに寄って行く。つい気になり、そちらを盗み見る。

幼子《おさなご》が、ベイカーさんに興奮した様子で身振り手振りを交じえてなにか話していた。

オレの容姿を見て、なにか言っているのだろうか……気味が悪いと怖がっているのだろうか……

やはり来るべきではなかった。

今更ながら後悔していると、ベイカーさんがなにか言いながらこちらを見た。オレがいることに気が付いたようだ。

オレがパーティを追い出されるきっかけとなった依頼の時、助けに来てくれたA級冒険者がベイカーさんだった。以来、彼はオレにとって恩人で、憧れでもある。

軽く会釈《えしゃく》をすると、オレにベイカーさんはニヤッと笑みを返した。なんだかギルマスの笑い方に似ている。

幼子《おさなご》にグイグイ押されて壁際に追いやられている姿が、いつもの彼と異なりちょっと残念な感じで意外に思う。思わず目をしばたたかせているところに、なにやら機嫌のよさそうなセバスさんが入ってきた。

「では、これより新人冒険者の講習会を始めます。これから講師役の冒険者の皆さんに職業とよく受ける依頼内容を言ってもらいます。自分に合った講師のもとに行き講習を受けてください」

セバスさんは、挨拶《あいさつ》を始めてくれとばかりにこちらに目配せをする。

端に座っていた講師役から次々に自己紹介をしていき、とうとう自分の番がきた。別にアピールするものもなく、名前と職業を適当に答えると、会場がシーンとしてしまった。

やはりこうなったか、いや、いいのだこれで。もうここに来なくて済む。とりあえず早く終わればそれでいい。

「では、講師を選んでください」

挨拶《あいさつ》が終わり、セバスさんの掛け声とともに、新人冒険者達が動き出した。

皆、自分には目もくれず他の講師役達のもとに集まっていった。ライアンのところにも女の子の冒険者達が集まっている。爽やかな顔で笑うと、女の子達が嬉しそうに歓声をあげていた。

昔から見た目だけは無駄にいい。

やはりオレのところには誰も来ないな……

盛大にため息をつきたいのをなんとか堪《こら》える。その時、ベイカーさんと一緒に来た幼子《おさなご》が、迷わず自分のところに歩いてくるのが見えた。

他の講師役と間違えているのか……？　だが、周りにはオレ以外に誰もいない。

幼子《おさなご》は目の前に止まり、小さな頭をペコンと下げた。

「よろしくおねがいします」

「あ、ああ」

思わず返事をしてしまった。幼子《おさなご》は嬉しそうに笑って喜んでいる。

意味が分からない……この子はいったいなにを考えているんだろう？

ベイカーさんといたから、なにか言われたのかもしれない。可哀想だから行ってやれと……きっとそうだ。

ちらりとベイカーさんを見遣る。彼はセバスさんと一緒に苦笑していた。

周りもなぜアイツを選んだんだとザワつきだしていた。

すると、案の定ライアンが近づいてきた……嫌な予感がする。

「そこの子、君は本当にそいつが講師でいいのかい？　もし嫌なら俺のところに来てもいいよ」

ライアンがいつもの人当たりいい笑顔で幼子《おさなご》に話しかけた。

ああ、これでこの子もライアンのところに行くだろう……

「だいじょうぶです」

しかし、オレの予想に反して、幼子《おさなご》は首を横に振ってライアンの誘いを断った。

「人数を気にしているなら大丈夫だ。四人くらいなら問題ないよ」

ライアンが幼子《おさなご》に更に助け舟を出す。

やはり気を使ってこちらに来てくれたんだな。

「わたしは、コジローさんがいいです。ほかのところにうちゅるきはありません」

舌足らずな言葉でハッキリとオレがいいと答え、再びペコッと頭を下げる幼子《おさなご》。

ライアンを断った姿を見て淡い期待を持ってしまう。もしかしてこの子は本当にオレを選んでくれたのか……と。

「おまえは……オレでいいのか？」

思わず確認してしまう。もう傷つくのは沢山だった。

幼子《おさなご》は一瞬悲しそうな顔を見せ、ギュッと足に抱きついてきた。

「コジローさんがいいんです。わたしにいろいろおしえてください」

離すまいとしがみつく腕の力が心地いい。幼子《おさなご》はオレに笑顔を向けてくれた。

本当にオレでいいのか？　気を使っているだけなんじゃないか？

こんな考えしか浮かばない自分が嫌になる。でも、同時に心の奥に小さな火がともった気がした。

ライアンは納得できない様子で、不機嫌そうに離れて行った。

講師役も決まりセバスさんが講習を始めるように声をかける。

とりあえず幼子《おさなご》を部屋の端のテーブルに座らせる。

「ミ、ヅ、キです。よろしくおねがいします」

ミヅキか……可愛い子だ。珍しい黒目黒髪の幼い女の子。オレの見た目を怖がりそうなものだが……

「ミヅキ……。本当にオレでよかったのか？」

確認のため、もう一度尋ねる。

「そうです！　コジローさんが！　よかったんです」

ミヅキは真剣な強い眼差しでオレを見つめている。嬉しいことを言ってくれるが、この子は本当のオレの姿を見ていない。きっとこの醜《みにく》い傷を見ればライアンのもとに行きたいと思うだろう……

傷を見せないで講習をすることもできるが、この子には本当の姿を隠したくなかった。

右目にかかった髪をそっとかきあげ傷痕《きずあと》を見せる。

目の端に、ベイカーさんとセバスさんが驚いた表情を浮かべるのが見えた。あんなに隠したがっていた傷痕《きずあと》を見せたことに驚いているのだろう。

「こんな醜《みにく》い傷痕《きずあと》があるんだ……怖くないか？　今ならまだ講師を替えられるぞ」

ミヅキを傷つけないよう、そして自分が傷つかないよう笑って言う。

ミヅキの反応が怖くてまともに顔を見られず、目線が自然と下がる。その時、そっと柔らかく温かいものが右目に触れた。

ハッとして顔を上げると、ミヅキがまるで自分が傷を負ったかのような、痛ましげな顔で自分を見ていた。

「いたいですか？」

オレの傷痕《きずあと》に気遣うようにそっと手を当てている。

今までこの醜《みにく》い傷に、こんなに優しく触れてくれる人はいなかった……

痛くはないと首を振る。

「いたいの～いたいの～とんでけー」

ミヅキはそう言って傷痕《きずあと》を優しく撫《な》でた。

撫《な》でられた右目がほわっと温かくなり、ずっと胸の奥につっかえていたものが消えていくような感じがした。目を見開いてミヅキを見ると、彼女は「えへへ」と恥ずかしそうに笑う。

不思議なことに、右目の傷も人の視線ももう気にならなくなっていた。

あれだけ隠したかった傷痕《きずあと》なのに……不思議な子だ……

「ありがとうミヅキ。これから……よろしくな」

もはやミヅキを他の講師役に譲《ゆず》る気はなかった。できることならこの子とずっといたいと思ってしまう。その気持ちを隠しながらよろしくと笑いかける。

オレの傷を癒《いや》してくれたこの子に、オレはこれからなにを返せるだろうか。ミヅキが喜んでくれるのを見て、久しぶりに穏やかな気持ちになれた。

ふっと目許《めもと》を和《やわ》らげるオレを前に、なぜかミヅキが興奮しだす。

「コジローさんのきずあとかっこいいです。わたしもほっぺにほしいです」

ぷくぷくの綺麗な頬を見せながら、ミヅキが信じられないことを言った。

「「「絶対駄目だ！」」」

ミヅキの後ろから現れたベイカーさんとセバスさんが、オレと同じ台詞《せりふ》を同時に叫ぶ。ミヅキは二人が近くにいたことに気付かなかったらしく、ビクッと驚いて振り返った。

ベイカーさんが傷を作ると怒る人がいるぞと言うが、あまり納得いかない感じでミヅキが渋々返事をした。

それに対してセバスさんが黒い笑顔で脅《おど》している。

怒りながらもミヅキのことを案じているのだ。

オレも同じ気持ちだからセバスさんの気持ちがよく分かる。だが、軽く魔力を漏れ出させるのは勘弁して欲しい……

セバスさんの様子にミヅキも慌てて気を付けると答えた。どうやら幼いながらもセバスさんの思いを汲み取っているようだ。

そんなミヅキにセバスさんは黒いオーラを引っ込めて柔らかく笑い、愛おしそうに頭を撫《な》でていた。セバスさんがあんなに柔らかく笑うのを初めて見た……

ミヅキも、先程黒い笑顔に怯《おび》えていたとは思えないほど嬉しそうな顔でセバスさんに撫《な》でられている。

オレの傷を気味悪がることなく、かっこいいとまで言ってくれたミヅキ。

オレの心を癒《いや》し、全てを受け入れてくれた。この子が傷付くところなど絶対見たくない。守りたいと強く思う。

この子に会わせてくれたギルマスとセバスさんに心から感謝をした。

後から聞いたが、やはりミヅキはセバスさんの裏の顔に気が付いているようだ……

それでもなお嬉しそうに寄ってくるミヅキを、セバスさんは本当に愛《いと》しく思っているようで、彼だけでなくギルマスさえミヅキに落ちたという。

このまま行くとミヅキ争奪戦が起きそうだ、と笑う皆の顔は真剣そのものだった……勿論オレも負ける気はないが。

◆

無事、忍者のコジローさんが講師役になりホクホク気分で喜んでいると、「よかったな」と言って、ベイカーさんが頭にぽんと手を置いた。

そういえばベイカーさん、ずっといるのか？

「では、私達はこれで……」

怪訝《けげん》に思っていたところで、セバスさんが嫌がるベイカーさんを引きずっていった。

「コジローさん、ミヅキさんをよろしくお願いしますね」

セバスさんが優しくコジローさんに声をかける。コジローさんはバッと立ち上がり、腰を九十度に曲げた。

「セバスさん！　ありがとうございました。ギルマスにもよろしくお伝えください」

なぜか急にお礼を言い出した。セバスさんは微笑んで頷き、ベイカーさんを連れて今度こそ部屋を出ていってしまう。

「なんのおれいですか？」

私は意味が分からず首を傾げた。コジローさんは小さく笑うだけで、結局なにも言ってくれなかった。

「じゃ、講習を始めよう。ミヅキの職業はなんだ？」

「テイマーです！」

「今契約している従魔はいるのか？」

「はい！　シウ、シルバがいます」

上手く喋《しゃべ》れずに噛んでしまい、言い直す。コジローさんは顎に手を当てて、なるほどと頷いていた。

「ああ、さっきベイカーさんが言っていたシルバとは、従魔のことだったんだな」

「シルバ、おおきいからおそとでまってもらってます」

そういえば、シルバ大丈夫かな……こんなに離れたことないからちょっと心配。

「じゃあ、従魔を交じえて外で講習をしようか。ミヅキはまだ小さいからヤク草の採取がいいだろう。実際に手に取って見たほうが分かりやすいだろうからな」

眉を下げて俯《うつむ》いていた私に、コジローさんが嬉しい提案をしてくれる。私は席を立ち、上機嫌でシルバのもとへ駆け出した。

「シルバ～！　おまたせっ」

訓練施設の木陰で寝っ転がっているシルバを見つける。早く抱きつきたくて気が急くが、幼い体は思うように動かず足を絡ませ転びそうになる。

あっと思って目を瞑《つむ》り、転ぶことを覚悟すると、体がポフッとふわふわな感触に包まれた。

【ミヅキ、大丈夫か？】

そおっと目を開けると、私はシルバの大きなお腹の上に倒れていた。

【シルバ！　ありがとう〜】

シルバのお腹に顔をすり寄せる。ふわふわの感触が癖になる、幸せだ。

【気を付けろ】

ペロペロと顔を舐《な》められ、くすぐったくて笑い声をあげる。そんな私の背後で控えめにコジローさんが声をかけてきた。私とシルバを見て驚いている。

「ミヅキ……そ、そちらは？」

「あっ！　コジローさん、じゅうまのシルバです」

シルバを撫《な》でながら紹介する。

「シルバ！　こうしやくのコジローさんだよー」

「そちらの方はフェンリル様では……？」

コジローさんが、恐る恐るシルバに話しかける。

「そうだよー！　シルバはフェンリルなの！」

「様」が気になるけど、気のせいかな……

【こやつ、なにやら混ざっているな……】

シルバが目を細めてコジローさんを見つめる。

すると、コジローさんはサッと片膝《かたひざ》をつき、シルバに頭を下げた。私はコジローさんの行動に驚いて、目を丸くする。

「えっ？」

【ミヅキ、ここでは目立つ。移動するぞ】

シルバが私を背中に乗せた。

コジローさんもハッとして周りを確認し、立ち上がってシルバに続く。

【あれ？　コジローさん、シルバの言葉に反応してる？】

シルバと私の会話は人には分からないはずなのに……どうしてだろう。

【こやつは多分俺の眷属《けんぞく》だろう。微《かす》かに狼の匂いがする】

【えっ！】

シルバからの衝撃の発言に、急いでコジローさんを振り返る。彼は肯定するように頷いた。

【眷属《けんぞく》ってなに？】

【おそらくこやつはフェンリルの眷属《けんぞく》の末裔《まつえい》だろう。匂いと見た目からして王狼族《おうろうぞく》辺りではないか？】

「はい、その通りです。私達は昔フェンリル様に仕えていた王狼族の末裔《まつえい》です。こんなところでフェンリル様にお会いできるとは、夢にも思いませんでした」

かしこまってシルバに話しかけるコジローさんを、私は呆然と見つめた。

【もうそういうのは面倒くさいのでやめたはずだか……】

「す、すみません……里では普通にフェンリル様を祀《まつ》っていたので」

ジロッとコジローを睨むシルバ。コジローさんは申し訳なさげに頭を下げた。

【今はミヅキの従魔だ。様づけで呼ばなくともいい】

コジローさんはシルバの言葉に驚き、戸惑っている。

確かに、今まで神のように敬っていた相手に、普通に接するのは難しいのだろうな。しかし、シルバがそんなに偉い子だったとは……

【すごいね、シルバ、神様だったの？】

【昔、喧嘩《けんか》を売ってきた人間がいたから蹴《け》散《ち》らしてやったんだ。そしたら眷属《けんぞく》にしてくれとうるさくてな。仕方なく眷属《けんぞく》にしてやったんだが、色々面倒くさいからやめた】

なんだか一日でバイトを辞めてきた若い子みたいに軽く言う。

【……そんな偉いのに、私の従魔をしてていいの？】

【いいんだ、俺はミヅキとずっといるほうがいい】

シルバはチラッと流し目でこちらを見て笑った。

くー！　イケメンフェンリルめー！

シルバのかっこよさに悶《もだ》えてしまう。恥ずかしくなり、照れ隠しで背中をガシガシ撫《な》でた。

「フェンリル様はミヅキの従魔で、ずっと一緒にいられるのですね……羨ましいです」

コジローさんが微笑ましそうに、私とシルバをじっと見つめる。

確かに神様みたいな存在で、こんなかっこいいシルバとずっと一緒にいられるなんて羨ましいだろう。分かる。

私はうんうんと何度も頷いた。

【はぁ……なにも分かっとらんな】

そんな私の下で、シルバがため息をつき、首を振りながらボソッと呟いた。


歩きながら喋《しゃべ》っていたので、あっという間に町の端に辿り着いた。

コジローさんは周りに人が居ないのを確認すると、シルバの前に跪《ひざまず》いた。

【このたび、ミヅキ様の講師役になりました、コジローと申します。フェンリル様の主人であるミヅキ様には先程、誰かとともに生きることを諦めかけていたこの身と心を癒《いや》し、救っていただきました。このご恩は一生忘れることはありません。ミヅキ様を全身全霊をかけて守るとお約束いたします】

コジローさんがシルバに向かってずっと頭を下げたまま動かない。

私にはこの時、コジローさんがシルバに言った言葉は聞こえなかった。

「コジローさんどうしたの？」

【ミヅキ……先程の少しの間になにをしたんだ？】

シルバはなぜか呆れた顔でこちらを見つめる。彼になにかした覚えのない私は、慌てて口を開いた。

【えっ、なにもしてないよ！　なにかやらかしたっけ？　コジローさんに講師役になってもらいたくて、お願いしただけだよ。あと……傷痕《きずあと》かっこいいねって褒《ほ》めたぐらい】

私がさっきのやり取りを少し話すと、シルバはふうっとため息をついた。

【まあ、貴様もミヅキに助けられたのだな。しかし、ミヅキは助けたとは思っとらん。だから普通に講師として接してやるといい】

シルバに言われコジローさんは頷いた。

「コジローさん、なんでシルバとおはなしできるの？」

シルバと普通に話すコジローさんに、私はずっと気になっていたことを聞いた。

「オレは、フェンリル様の眷属《けんぞく》である王狼族の末裔《まつえい》なんだ。だいぶ昔のことでもう血は薄まってしまったが、王狼族の血がフェンリル様との意思疎通を可能にしているんだろう」

「おうろうぞくって？」

「王狼族とは狼と人とのハーフだ。見た目は人族だが身体能力が高く、狼に姿を変えることもできたらしい」

「らしい？」

どういう意味だと首を傾げる。

「もう今は純血種の王狼族はいないんだ。ほぼ普通の人族と変わらないよ」

そう言って笑っているが、「ほぼ」という言葉が引っかかる。なにか違うところがあるのだろうか？

「ほぼって？」

「………」

コジローさんが黙ってしまった。聞いてはいけないことだったのかもしれない。

「ごめんなさい……」

「いや！　違うんだ。これを言うとミヅキに嫌われてしまうかと思って……」

しゅんとして謝ると、コジローさんは焦った様子で言った。でも、そんなことを言われたら、どんな秘密なんだと聞きたくなる。

【ミヅキがそんなことで嫌うわけないだろう】

シルバが口を挟んできた。どうやらシルバはコジローさんの秘密を知っているようだ。

「今は見せられないが……時が来たら必ず見せる。それまで待ってくれないか？」

コジローさんが真剣な顔で見つめてきた。かっこいい人の頼みは断れない。

「むりにいわなくていいですよ」

私は笑顔で頷いた。コジローさんはほっとした表情を浮かべ、眉尻を下げる。

【雑談はそのくらいにして、講習とやらをしたほうがいいんじゃないか？】

シルバが聞いてくる。そうだ！　なにも覚えないで帰ったらベイカーさんに怒られちゃう。

「では、まずはヤク草を探してみよう」

慌てる私に、草むらを指差しながらコジローさんが微笑む。

「やくそう？」

なんかそのまんまな名前だな。

コジローさんが草むらをかき分けて、数種類の草をつんできた。

「まずはこっちがヤク草」

どこにでも生えていそうな草を見せる。

受け取ってしげしげと眺めるが、特段変わったところのない草だった。匂いを嗅《か》ぐが無臭……

「なんのとくちょうもありませんね」

私が気まずげに答えるとニコッとコジローさんが笑った。

「そう、それが特徴。なにもない無味無臭てとこかな、次はこっちを」

持っていた別の草を差し出す。受け取って見るがさっきの草と同じように見える。

「匂いを嗅《か》いでみて」

鼻を近づけて匂いを嗅《か》いでみると、先程とは違いツンとするような酸《す》っぱい臭いがした。

「くちゃい！」

びっくりして慌てて顔を逸らす。そんな私の反応を見て、コジローさんはおかしそうに笑っていた。

「じゃ、次はこれ」

また同じような草を差し出す。

匂いはないが、触ると茎《くき》の部分が少し毛羽立っている。

「くきがチクチクします」

満足そうにコジローさんが頷く。

「この三つは見た目が似てるから注意して。臭いがあるのがコウミ草、茎《くき》が毛羽立っているのがセンブリ草だ」

センブリ草？　あのセンブリかな？　聞いたことある名前に前世の記憶が蘇《よみがえ》る。

じっと草を眺めていると、

【ミヅキ、気になるなら鑑定してみればいいんじゃないか？】

シルバに言われてハッとする。

そうだ！　私は鑑定スキルを持ってるんだ！　あれ？　鑑定があるなら特徴覚えなくてもいいんじゃない？　それってかなり楽そうだ！

さっそくコジローさんの持つ草を鑑定する。


〈ヤク草……乾燥させ煎《せん》じて魔力を込めると回復薬になる〉

〈コウミ草……臭いので魔物よけに使える〉

〈センブリ草……乾燥させ煎《せん》じて飲めば腹痛にきく。凄く苦い〉


おお！　鑑定便利！

「コジローさん、これはぜんぶさいしゅするの？」

「いや、主に採取対象はこのヤク草だ。回復薬が作れるからな、後はコウミ草。これも魔物よけが作れるのでたまに採取に出てくる。センブリ草は用途がないな」

コジローさんが丁寧に説明してくれる。

センブリは漢方薬になりそうなのに……勿体《もったい》ない。ならば！

「じゃあ、それください」

コジローさんの手の中にあるセンブリ草を指差す。彼は困った顔をして、首を傾げた。

「ただの雑草だぞ？　乾燥させて煎《せん》じて飲めるがとにかく苦いし……」

飲ませたくないのか渡そうとしない。

「にがいけど、おなかいたいのなおるよ」

そう言うと、なに言ってんだって顔をされてしまった。

異世界では、センブリは飲まないのかな？　面白そうだし、今度沢山つんでベイカーさんにでも飲ませてみようかな……

「なにか企《たくら》んでる？」

ニシシと笑っていると、コジローさんが顔を覗きこむ。ぶんぶんと首を振って、私は必死に誤魔《ごま》化《か》した。

他にも色々な草や実を採取して効能と名前を覚えていく。

まぁ、忘れても鑑定あるしと気楽に楽しくコジローさんの説明を聞いていた。コジローさんは丁寧に分かりやすく役に立ちそうな知識を教えてくれた。

色んな薬草や料理に使えそうな植物は収納魔法でしまってお持ち帰りだ。

そうやってコジローさんとの楽しい講習の一日目が終わった。


それから私はシルバとコジローさんと一緒に、楽しい気分でギルドに戻ってきた。ギルドの外ではベイカーさんが今か今かと私の帰りを待っていた。

「ベイカーさん！」

私はシルバから降りて駆け寄った。

ベイカーさんも嬉しそうに手を広げて私を受け止めてくれる。

「おかえり。講習はどうだった？」

優しい笑顔で聞かれるので、凄く楽しかったと答えると、よかったなぁと頭を撫《な》でてくれる。

「コジローお疲れ。お前はどうだった？」

今度はコジローさんのほうを見て、ベイカーさんはニヤニヤと笑っている。

「第二の人生が始まりました」

笑って答えるコジローさんに、ベイカーさんが「そうか」と嬉しげに肩を叩いていた。

なんか本のタイトルみたいな台詞《せりふ》だな……それくらいコジローさんにとって、シルバとの出会いは衝撃的だったんだな。

私は嬉しそうに話している二人を見て、ぼんやりとそんなことを思った。

コジローさんと話し終えたベイカーさんが、こちらを振り返り、講習も終わったことだし家に帰ろうと言う。それに私は、ふるふると首を横に振って抵抗する。

「コジローさんともっとおはなししたいです」

忍者の話を聞いていない！　もっとお話がしたい！

コジローさんは嬉しそうにありがとうと言う。

いや、お礼じゃなくて話がしたいんだけど……

「凄く嬉しいお誘いだけど、この後ギルドに報告と今回の活動内容をまとめて提出しないといけないんだ」

講師役は忙しそうだ、寂《さび》しいが仕方がない……分かってはいても、そっかーとしょんぼりしてしまう。

コジローさんは苦笑して、私の頭をぽんぽんと撫《な》でた。

「講習の続きはまた明日もあるよ。その後なら時間も取れるし……ミヅキのためならいつでも会いに行くよ」

コジローさんの言葉に思わず頬に熱が集まる。

なんか今、さらっと甘い言葉を言われた気がする。いいや、こんな子供に甘い言葉なんてないか。

コジローさんはきっと子供に優しいのだろう。とっても頼りになるお兄ちゃんみたい。

「コジローさん、またあしたもよろしくおねがいします」

私はまた明日も会えることを楽しみに、コジローさんと別れた。

「さぁ、俺達も帰るか！」

「はい！」

ベイカーさんがコジローさんを見送る私に声をかける。

ベイカーさんの明るい声に私も元気を貰い、元気よく返事をする。ベイカーさんに近寄ると、ヒョイッと抱き上げられて、定位置になりつつあるシルバの上に乗せられる。

「そういえば飯がまだだったな。どこかで食べて帰るか？」

お腹をさすりながらベイカーさんが尋ねる。そう言われると、私のお腹も急に空いてきた。

「食べるー！」

外食、外食、異世界の外ご飯楽しみだなぁ〜。

ルンルンと喜びつつ歩くこと数分、さっそく美味《おい》しそうな匂いが漂《ただよ》ってきた。

お祭りなどで見る屋台《やたい》みたいな店がズラッと並んでいる。色んな食べものがあり、目移りしてしまう。

「わぁ〜！　いいにおい」

「ん？　屋台《やたい》で食べるか？　食堂に行こうと思っていたが」

楽しそうに屋台《やたい》を眺める私に、ベイカーさんが聞いてくる。

食堂も行ってみたいけど、屋台《やたい》も捨てがたい！　どうしようかと頭を抱えて、うーんうーんと悩んでいると、ベイカーさんが「ブハッ！」と噴き出した。

「そんなに悩むならどっちも行けばいいだろ？　屋台《やたい》で少し食べてから食堂に行こう」

笑いながら言われてしまう。

でもその意見に大いに賛成！　笑われたことは忘れてまずは屋台《やたい》を楽しんでやる！

周囲は呼び込みの声が飛び交い賑《にぎ》わっている。

どこにしようかとキョロキョロしていると、気になるお店が目に入った。

「ベイカーさん！　あのお店に行きたいです」

ベイカーさんの服をグイグイとつかみ、一つの店を指差す。

シルバが私の指し示す方向に進み、お店の前に着いた。

「いらっしゃい！　おっと、可愛いお客さんだな」

お店のおっちゃんが迎えてくれる。

挨拶《あいさつ》もそこそこに、私はおっちゃんが鉄板の上で焼いているものを覗き込んだ。

やっぱりこれってソーセージ!?

形は少しいびつだが細長い肉の塊《かたまり》はソーセージに見える。

「ベイカーさん、これなぁに？」

ソーセージらしきものを指差し、隣に立つベイカーさんに尋ねる。すると、ベイカーさんが答えるより先に、屋台《やたい》のおっちゃんが自信満々に胸を張り答えた。

「コレはソーセージだぞ！　オーク肉で作った混ざりものなし！」

異世界ソーセージ！　ぜひとも食べたい！

「コレたべたいー」

「よし、おやじこれ三本な！」

さっそくベイカーさんがおっちゃんに注文してくれる。

「はいよ！　どうする？　そのまま渡していいか？」

薄い葉っぱみたいなもので包まれたソーセージを、グイッと差し出される。ベイカーさんはそれを両手で受け取り、一つをシルバに、もう一つを私に渡してくれた。

シルバはガブッと一口でソーセージを食べてしまう。

そのまま食べるのもいいけど……ちょっと工夫して食べようかな。そう思ってベイカーさんにアレを出してもらおうと声をかける。

「ベイカーさん、パンだしてください」

そうねだると、彼は首を傾げながらも収納してあったパンを出してくれた。持っていたソーセージを一度ベイカーさんに返し、パンに切れ目を入れて開く。

「ここにおいてください」

裂け目にソーセージを置いてくれとパンを差し出す。訝《いぶか》しげな表情を浮かべたベイカーさんが、ソーセージをパンの上に載せてくれた。

「いただきまーす」

ガブッと即席ホットドッグを食べる。

「おいしぃ～」

口いっぱいに頬張りもぐもぐと食べ進める。ソーセージの肉汁がパンに染みこみ、よく合う。

「美味《うま》そうに食うな……おやじもう一本くれ、俺にもここに置いてくれ」

ベイカーさんもパンを出し、同じようにソーセージを挟む。そして、ガブッと一口で半分食べてしまった。

「う、美味《うま》い……」

ベイカーさんは驚愕の表情で目を見開き、夢中で食べている。

【ミヅキ！　俺も食ってみたい】

シルバが羨ましそうにホットドッグを見つめるので、自分が食べていた残りをあげた。

「お、おい。ちょっとオレにも食わせてくれ」

皆があまりに美味《おい》しそうに食べているので、興味津々《きょうみしんしん》で屋台《やたい》のおっちゃんが言ってくる。

ベイカーさんが仕方ねぇなとパンを取り出しおっちゃんに渡すと、おっちゃんは焼いていたソーセージを載せて食べた。

「っ！　コレは！」

おっちゃんがなにやらぶつぶつ呟きながら、ホットドッグを食べている。

「おい！　すまんがこのレシピを売ってくれ！」

ベイカーさんに詰め寄る。いきなり近づいてきたおっちゃんに、ベイカーさんが後ろに上半身を反らしながら口を開いた。

「このレシピは、この子のもんだぜ」

そう言って、私の頭に手を乗せる。

なんのことかよく分からず、私はベイカーさんとおっちゃんを交互に眺める。おっちゃんは驚いてベイカーさんを見るが、ベイカーさんは無言でただ頷くだけだった。

「嬢ちゃん、このレシピをオレに売ってくれないか？」

おっちゃんが懇願《こんがん》するように頼んでくる。

レシピを売るってなんのことだ？

「このおっちゃんは、今ミヅキが考えた料理を売り出したいんだよ。でも料理を考えたのはミヅキだからそのアイデアを売って欲しいってことなんだ」

えっ？　まさか料理って、このパンに挟むだけのホットドッグのこと？　こんなの料理とは言わないんじゃ……

渋い顔をしていると、やっぱり駄目か……とおっちゃんが肩を落とした。

駄目ってわけじゃなく、本当にこんなものでいいのか聞こうとする。

「じゃあ、嬢ちゃんとオレの共同販売って形でどうだ？」

しかし、私が尋ねるより先に、諦めきれないおっちゃんが提案してくる。

「きょうどうはんばい？」

「ああ、そうだ。嬢ちゃんが考えて、オレが作って売る。売上の材料代を抜いて折半でどうだ？」

それって……私なにもしないのに半分も貰えちゃうの？　それはさすがに……

私はぶんぶんと首を横に振る。やっぱり駄目かとガックリしているおっちゃんに、声をかける。

「そんなにいりません」

「はっ？」

半分も貰えないとお断りをする。しかし、私の言ってる意味がよく分からないのか、おっちゃんが固まってしまった。

「ミヅキ、レシピっていうのは貴重だぞ。登録すれば誰も真似することができないし、売上をミヅキのものにできるんだ」

ベイカーさんは、私がよく分かってないと思ったのか説明してくれるが、元々考えたのも私じゃないのにそんなことできない。それに、登録とか面倒くさそうだし……

「いいんです。おっちゃんのソーセージおいしかったし、おいしくつくってくださいね。またたべにきますから」

こんなに美味《おい》しいのがまた食べられるなら問題ない。向かってにっこり笑う。

「……いや、それはできん！　こんな画期的なアイデアをタダでは貰えん！」

今度はおっちゃんが首を振る。しばらく考えて込んだ後、ハッとした様子で口を開いた。

「よし！　それならこれからうちの商品はお前達に限り食べ放題ってのでどうだ！」

親指を立て、いい笑顔を見せるおっちゃん。

それはいい！　と私もおっちゃんに向かってサムズアップした。

おっちゃんの屋台《やたい》の料理が食べ放題になりウキウキの私は、色々なアイデアを出す。

「パンはだえんけいのパンをたてにきると、はさみやすいとおもいます。あとはうえからチーズをかけてもおいしいの」

チーズホットドッグを想像して頬を押さえる。早く食べてみたい！

「なるほどな！　いくつか試作品を作るから、明日また味見しに来てくれないか？」

タダでホットドッグを食べられるなら、お安い御用だ。

了承して明日来ることを約束して、私達はおっちゃんと別れた。

これから何時でもホットドッグ食べ放題とか最高だ！　これで、異世界で餓死《がし》する心配はなくなったな。

密かに安心する私を見て、ベイカーさんは勿体《もったい》ないと苦笑いしていた。

お得な交渉だったと思うんだけどなぁ……私としてはのんびり生活していければ十分だ。贅沢《ぜいたく》は望まないし、働きすぎるのはよくない！　うんうん。

屋台《やたい》ゾーンを過ぎ、ちらほらと食堂が増えてきた。

その中の一軒のお店にベイカーさんが入ろうとする。しかし気になることがあり、私はつんつんと袖《そで》を引っ張って彼を止めた。

「シルバは？」

振り返ったベイカーさんに聞いてみる。

やはり飲食店に動物を入れるのはよくないよね……？

「ああ！　そうか。従魔だから大丈夫そうだが、でかいからな……」

ベイカーさんは難しい顔でシルバを見る。

すると、シルバは店の横にキチンとお座りをした。

【俺は、外で待ってるぞ】

【シルバと一緒に食べたいな……】

一緒に行けないことにしょんぼりと俯《うつむ》く。

「ちょっと待ってろ」

ベイカーさんがそんな私の様子を見て、お店の中に入っていってしまった。

シルバを撫《な》でながら待ってると、ベイカーさんが出てきて、お店の裏に回るよう案内してくれる。

そこには従業員用のテーブルが外に置いてあった。

「ここで食べていいそうだ。外ならシルバも一緒に食えるだろ」

ニカッと笑うベイカーさん。

わざわざ一緒に食べられるように聞いてきてくれたのだ！

「ありがとー」

私は、ベイカーさん足に抱きついてお礼を言った。

早速椅子に座っていると、美人なお姉さんが裏口から出てきた。

「ベイカーさん、今日はなににするんだい」

手を腰に当てて声をかけてくる。

カラッとしていて姉御肌な感じの美人さんだ！　あと胸が大きい……ここ重要！

私は自分の胸を見てそっと手を当てる。

……いや、今は幼児だし！　生前もあまり変わらなかった気がするけど……これからの成長に期待しよう。

「リリアンさん、すまんな裏を使わせてもらって助かるよ」

ベイカーさんが美人のお姉さんにお礼を言った。

「いいんだよ！　常連さんだから。それにそんな大きな従魔じゃ、お店にいたら邪魔だしね」

アハハと豪快に笑う。

「で、どうする？　いつものでいいのかい？」

ベイカーさんは『いつもの』を三人分注文した。お姉さんが「あいよっ」と小気味よく返事をして店内へ戻っていく。

「おおきいねぇ……」

「はっ？」

お姉さんがいなくなっても、いまだ胸の衝撃が消えない。

ベイカーさんが目をしばたたかせながら私の顔を見た後、その目線が下へ移動する。私が自分の胸に手を当てているのを見て、「ああ」と得心顔で苦笑する。

「ミヅキはそのままで可愛いからいいじゃないか」

気にするなと慰《なぐさ》めてくれる。

くっ！　いつか大きくなるんだからっ。

しばらくしてリリアンさんが料理を持ってきてくれた。

「はい、どうぞ！」

私の前にお皿を置いてくれる。お礼を言うと「いっぱい食べてね」と笑って頭を撫《な》でてくれた。

運ばれてきたのは煮込み料理だった。

色んな野菜とお肉が煮込まれていて、いい香りがする。

「いただきます」

スプーンを手に取り、さっそく食べ始める。熱々のスープをすくい、フーフーと冷ましてから口に入れる。

うーん、優しい味だ。野菜とお肉から出汁《だし》がよく出ていて美味《おい》しい。

シルバも気に入ったようでガツガツ食べている。美味《おい》しそうに食べるシルバに、私はにっこり笑いかけた。

【美味《おい》しいね、シルバ!】

【まぁまぁだな! 俺はミヅキの料理のほうが好きだがな】

そう言いながらも、シルバは尻尾をブンブンと振っている。

「ここの店の看板メニューだ。美味《うま》いだろ? まあ、ミヅキの料理も美味《うま》いがな!」

もう皿を綺麗に空にしているベイカーさんの言葉に、私ははにかみつつ頷いた。二人に褒《ほ》められちょっと照れてしまう。

「そのちっちゃい子が料理をするのかい?」

話を聞いていたリリアンさんが、驚いて目を見開いている。ベイカーさんが今まで作ってあげた料理と先程の屋台《やたい》での話をすると、更に大きく目を瞠《みは》った。

「ミヅキちゃん、よかったらうちの新メニューも考えてくれないか?」

屈《かが》んで目線を合わせておねがいと言われる。つい目線が下がる。

……む、胸がこぼれそう。

私はゴクッと息を呑んだ。

「なにか新しいメニューをと考えてるんだが、なかなかいいアイデアが出なくてね」

リリアンさんが困った顔をしているので、私もなにか力になれればと少し考える。ややあって、一つの考えが頭に浮かび、リリアンさんを手招きした。

彼女が近づいてきたので、ベイカーさん達に聞こえないようにこっそり耳元で話す。

「あのね、おむねちょっとさわらせてください。そしたらメニュー、かんがえます」

恥ずかくて、もじもじしながら言う。リリアンさんはポカンと口を開けて、まじまじと私を見つめた。

「そんなことでいいのかい？」

一度でいいからあのお胸に抱きついてみたい！　そしてあやかりたい！

縋《すが》るように見つめると、よしよしと頭を撫《な》でられてしまった。

じゃあおいでと店の中に通され、ベイカーさん達に「待っててね」と言い残し、リリアンさんについて行く。そして、お店の奥にある部屋に入った。

小さいながら二人掛けのテーブルとソファーが置いてある。どうやらリリアンさんの生活スペースのようだ。ついキョロキョロと部屋を眺めてしまう。

「ここは旦那と住んでるところだよ。で、なんで胸なんか触りたいんだい？」

リリアンさんはプッと小さく噴き出して、説明してくれた。

やはり変なことを頼む子だと思われただろうか……

「わたしも、むね、おおきくなりたいんです！」

胸に手を当て、真剣に答える。

「アッハハ！　そうかい！　でも触っても大きくはならないよ。触ってもらわないとね」

色っぽくウインクされ、私は真っ赤になってしまった。

それからひょいと抱かれて横抱きにされてしまう。背中をぽんぽん叩かれると、なんだかほっとしてくる。

一定のリズムで揺れる感じが心地よく、リリアンさんの大きな胸に手と顔を埋めて目を閉じる。

なんだか……お母さんを思い出すな……

ふいにずっと昔に亡くした母親を思い出し、鼻の頭がツーンとした。

「ありがと……ごじゃいました……」

ズズッと鼻をすすって、リリアンさんにお礼を言う。彼女はまたいつでも抱っこしてあげるよと優しく撫《な》でてくれた。えへへと笑って、誤魔化《ごまか》しておく。

リリアンさんの腕の中は気持ちがいいが、少し悲しいような、寂《さび》しいような複雑な気持ちにもなってしまう。

またいつか抱いて欲しくなったらおねがいしよう……

私は足早にベイカーさん達のもとに戻った。

ベイカーさんが私の様子を見てどうした？　と心配そうにしている。

そんなに様子が変だったかな？

気を取り直してなんでもないよと明るく言うが、それでもベイカーさんはちょっと渋い顔をしていた。

それよりも新メニュー、新メニュー。約束通りリリアンさんがお胸を触らせてくれたんだから、私もちゃんと考えないと！

「ここのおみせは、ほかにどんなメニューがあるんですか？」

私の後から戻ってきたリリアンさんに尋ねる。

「メインは煮込み料理で、日によって味つけを変えたりするよ。あとは定番のステーキも人気だね。その日に仕入れた肉を焼くんだ」

どこもそんなもんだと教えてくれる。

あんまりメニューは豊富じゃないんだ。ビックリしてしまう。

ベイカーさんみたいな人が食べに来るんだから、ガッツリ系のメニューのほうがいいのかもしれない。

「ハンバーグってしってますか？」

とりあえず前世では定番だった料理を聞いてみる。

案の定、リリアンさんは分からないと首を横に振った。

「ちょっと待ってて！　旦那を連れてくるから」

リリアンさんが急いで奥に戻り、少しして大男が扉から出てきた。後ろからリリアンさんも顔を出している。

「ミヅキちゃん、これがうちの旦那様だよ。こう見えて料理人なんだ。さっきのハンバーグっていうのを教えてやってくれるかい？」

リリアンさんの大男さんを紹介され、「はーい」と返事をする。

目の前の大男さんはじっと緊張した面持ちでこちらを見つめていた。

「ミヅキです。リリアンさんのだんなさま、よろしくおねがいします」

ペコッと頭を下げて挨拶《あいさつ》をする。先程リリアンさんのお胸をお借りしちゃいました、と心の中で謝っておいた。

しかし、反応がない。どうしたのかと思って見上げると、なにかボソボソ呟いているが、声が小さくて聞こえない。

ベイカーさんがなにやら後ろでおかしそうに笑ってるため、うるさくて更に聞こえない。

「ルンバ、気にすんな。ミヅキはこういう奴だから気にせず話せ！」

ベイカーさんが笑いながら大男の旦那さんに話しかける。どうやらリリアンさんの旦那さんはルンバさんと言うらしい。

「ルンバさん、屈《かが》んでください！」

大きいので屈《かが》んでくれと手招きすると、顔を近づけてくれる。よしよし！

「ルンバさん、ハンバーグってしってますか？」

「いや、知らん」

リリアンさんと同じように尋ねたところ、返事をしてくれた！

近づいたことでようやく聞こえるようになったのだ。嬉しくなりにっこり笑うと、ルンバさんはビックリしたようで目を見開いていた。

「おにくをこまかくきざんで、ねりこんで、おだんごみたいにするんです。それをやくだけのりょうりなんですよ」

ハンバーグについてを軽く説明すると、ルンバさんが眉間にシワを寄せ、いかつい顔で考え込む。集中しているようだ。

料理人だから工程を聞いて、なんとなくどんな料理かイメージがついたのかもしれない。

優秀だね！　さすがあの美味《おい》しい煮込み料理を作った人だ。

しかし、眉間のシワが気になり撫《な》でてしまう。すると、ルンバさんはハッと額を押さえてお店に戻ってしまった。

「ベイカーさん……おこらせちゃった……」

どうしようとベイカーさんを見上げた。

だが、彼は腹を抱えて、ヒーヒー言いながら笑っている。

「大丈夫、大丈夫、あいつビックリして照れただけだから」

えっ？　あれ、照れてたの？　大きい体なのに、声がちっちゃくて照れるなんてギャップ萌えか！

ルンバさんの可愛さに一人興奮していると、リリアンさんが近づいてきた。

「なんかすまないね。旦那がビビらせちまったかい？」

「ルンバさん、ぎゃっぷもえだねー。かわいいねー」

リリアンさんがすまなそうに謝るので、私は笑いながら首を横に振った。

「ぎゃっぷもえ……？　まあ、いいや。しかし、うちの旦那の可愛さに気付くなんて、ミヅキちゃんはやるね！」

リリアンさんも旦那を褒《ほ》められたことで嬉しそうだ。

「今から試作品を作るから、ミヅキちゃんも見てくれるかい？」

「はい！」

喜んでと元気よく返事をする。リリアンさんはお店のことがあるので、私はベイカーさんに抱っこされながら厨房《ちゅうぼう》に案内された。

厨房《ちゅうぼう》にはルンバさんともう一人、料理人がいた。

ルンバさんが気まずげな表情で、チラチラとこちらを窺《うかが》っている。なにか言いたいことがあるのかとルンバさんを見つめ返すが、目が合うと凄い勢いで目を逸らされた。

「さっき脅《おど》かしてしまったとか思ってるんじゃないのか」

ベイカーさんがルンバさんの気持ちを教えてくれる。

私が勝手に触ってしまったのに、気を使わせてしまった……

ベイカーさんにお願いしてルンバさんに近づいてもらい、彼の大きな腕にそっと触れる。ビクッとしたあと、ルンバさんの動きが止まってしまった。

「ルンバさん、さっきはごめんなさい。おいしいハンバーグ、つくりましょうね」

怯《おび》えさせないようにニコッと笑うと、ルンバさんが短く返事をしてくれた。こわごわと手を私の頭に持っていこうとするので、ちょっと頭を差し出す。するとやっと撫《な》でてくれた。

今まで撫《な》でてくれた人の中で一番ソフトタッチだ。

ルンバさんと仲直りをしたところで料理を始める。まぁ喧嘩《けんか》していたわけではないが……

さっそく肉をミンチにしてもらおう。

まな板の上で、手を手刀のようにして肉を叩くジェスチャーをする。

「おにくをほうちょうでたたいてミンチにするんです」

ルンバさんが頷き、凄い速さと力でお肉をあっという間にミンチにしてしまった。

「しゅご……」

呆気に取られ、思わず声が漏れた。

ボウルのような容器にミンチを入れて、塩、コショウ、たまごを入れる。

「ぎゅうにゅうってありますか？」

ルンバさんは無言で小さく首を横に振る。どうやらないらしい。

ここら辺では牛乳はあまり取り扱ってないのかも。残念だな……

「俺、持ってますよ」

しょんぼりと肩を落としていたところに、もう一人の料理人が話しかけてきた。

マジで！

期待を込めてキラキラした顔で見ていると、彼は収納魔法で白い液体を取り出した。

「俺の生まれた村は牛乳を作っているんだ。だけど管理が難しくってなかなか村の外での需要が広まらないんだよ」

そう言いながら牛乳を差し出してくれる。

そんな貴重なものを使っていいのかな？

受け取ろうか迷ってしまい、まごつく。そんな私に料理人は笑みを向けた。

「この牛乳を皆が使うようになれば村も栄えるしな。コレで美味《おい》しい料理を作ってくれよ」

「――っ！　ありがとございます」

いつかあなたの村に牛乳を買いに行きます！

と心の中で誓って、ありがたく牛乳を受け取った。

「ポルクス、すまないな」

ルンバさんが牛乳のお礼を言う。もう一人の料理人さんはポルクスさんというらしい。

ポルクスさんはいいっすよとヘラッと笑って、作業に戻った。

貰った牛乳に、パンを削ってパン粉にしたものを浸す。

それも容器に入れてよく混ぜてとルンバさんに頼んだ。ルンバさんは大きな手でガッガガッと混ぜていく。

粘《ねば》りが出てきたので手に取り、楕円《だえん》形に形を整えるが、私の手では小さくて上手くいかない。

なので小さい見本を作り、コレより大きく作ってほしいとお願いすると、ルンバさんサイズのでっかいハンバーグができてしまった……

まぁいいかな？　大は小を兼ねるって言うし。

大きいハンバーグの生地《きじ》をフライパンで両面を焼き、中まで火が通っているのを確認して出来上がりだ！　つけ合わせはポテトチーズと緑の葉っぱ。ルッコラみたいな扱いのようだ。

「さぁ、試食だ！」

出来上がるのを今か今かと待っていたベイカーさんが真っ先に叫んだ。

さっきご飯食べたよね？

◆

ミヅキがコジローと講習に行ってしまい暇になった俺は、セバスさんに連れられてギルドマスターの部屋まで来ていた。

「やはりミヅキさんは期待以上でした」

セバスさんが楽しそうに笑っている。

コジローのことはセバスさんが仕組んだようだが、ミヅキが思いの外いい働きをしてくれたようだ。暗い顔ばかり見せていたあいつが、ミヅキに右目の傷痕《きずあと》を撫《な》でられた後、穏やかな雰囲気になっていた。

この結果にはギルマスもセバスさんも喜んでいる。もちろん俺もそうだ。

コジローは助けた縁もあり俺も心配していた。人を信じられなくなり、唯一まともに話すのがギルマスとセバスさんと俺だけだった。

光をなくしていた瞳がやっと輝《かがや》き出したのを見て、本当によかったと思った。

二人っきりにしてしまったが、ミヅキがコジローを気に入っていたので大丈夫だろう。

そうはいっても、早く帰ってこないかとそわそわしてしまう。ちょっとは落ち着けとギルマスに注意されたくらいだ。

でも、しょうがない！　目を離すとなにをしでかすか……それに俺が寂《さび》しい！

室内をウロウロしていたところに、ミヅキ達がギルドを出て、外で講習すると報告がきた。きっとシルバがいるのでどんな従魔か確認も含めて外で講習を行うのだろう。

シルバを見て驚いているかもな。想像するだけで笑ってしまう。

しばらくギルマス達と雑談していると、講習終了の時間が近づいてきた。

ミヅキが帰ってくる……！

早くミヅキに会いたい俺は、外で待つことにした。ギルマスとセバスさんは呆れていたが、気になって仕方がない。

二人の視線を無視してギルドの外で待っていると、ミヅキが俺を呼ぶ声がした。見ると、ミヅキが駆け寄ってきたので両手で受け止める。

ちょっと離れていただけなのに、こんなに嬉しそうに駆け寄ってくるなんて……可愛い奴だ。

講習はどうだったか聞くと楽しかったと喜んでいる。

後ろで穏やかに俺達を眺めるコジローに、お疲れと声をかけた。その顔から楽しかったことは想像できるが、からかい半分でどうだとニヤつきながら尋ねる。

「第二の人生が始まりました」

コジローはスッキリした笑顔で迷いなく答える。

その様子を見て、こいつはもう大丈夫だと嬉しくなる。肩の荷が下りた気分だ。

俺はよかったなと肩を叩いて一緒に喜んだ。

そんな俺達の横で、ミヅキはコジローともっと喋《しゃべ》りたいと可愛いことを言っている。コジローが嬉しそうに明日もあると話している。

台詞《せりふ》だけ聞くとなんかミヅキを口説こうとしているみたいだな……

案の定、ミヅキが軽く頬を染めていた。

あいつは優しい奴だが……いや、しかし……少し注意せねば。

コジローは顔もいいからな……今は傷を気にして隠しているが、傷があってもあいつはモテそうだ。

コジローと別れ、俺達も帰ろうとミヅキに言うと、可愛く返事をして寄ってくる。

シルバに乗せてやり歩き出すと、飯がまだだったことに気付き食べてから帰ることになった。

屋台《やたい》街を抜けて、馴染《なじ》みの店に行こうと思っていたが、ミヅキが屋台《やたい》に釘づけになっている。

どうやら屋台《やたい》も食堂も、どちら気になるようで、うーんと頭を抱えて悩んでいる。その様子があまりにも真剣で噴き出してしまった。

可愛い悩みに両方とも行こうと提案すると素直に喜んでいる。

ミヅキはキョロキョロと周囲を見回し、一軒の屋台《やたい》を指差した。ソーセージの屋台《やたい》だ。

屋台《やたい》を覗き込み、興味津々《きょうみしんしん》で尋ねるミヅキに屋台《やたい》のおやじが大声で説明する。可愛い子に美味《おい》しそうと褒《ほ》められ、喜んでいる。

ミヅキが食べたいと言うのでシルバの分と三本頼んだ。

シルバとミヅキにソーセージを渡す。するとミヅキがソーセージをじっと見つめ、パンを出して欲しいとお願いしてきた。

どうするのかと思っていたらソーセージを挟んで食い始めた。

小さい口を大きく開けてもぐもぐ食べる様子は愛らしく、いつまででも見ていられる。

しかし美味《うま》そうに食うもんだ……

つられて自分の分のパンを出し、ミヅキと同じようにパンに挟んで食べる。美味《うま》い！

食べやすいし、パンと一緒に食べることで腹持ちもよさそうだ！

それを見ていた屋台《やたい》のおやじが、自分も食いたいと言ってきたのでパンを出してやる。

一口食べるとなにやら考え込みながらブツブツと言っている。そして、このレシピを売って欲しいと詰め寄ってきた。

だが、このレシピは俺が考えたものじゃない。ミヅキの案であることを伝えたら、目を瞠《みは》って俺とミヅキを交互に見遣った。

確かにこんな幼い子に料理などと思うが、嘘はついていない。

思いを込めて頷くと、おやじはまた驚き、今度はミヅキにレシピを売って欲しいと頼み始めた。

そんなおやじにミヅキが渋い顔をする。

確かにレシピを売ってしまえば、その時は金が入るが、この美味《うま》さなら自分でレシピを登録して売り出したほうが儲《もう》かるだろう。

おやじもそれが分かっていて共同販売を提案してきたのだ。

売上の半分がミヅキのものになる、と。だが、ミヅキは首を横に振る。ガックリしているおやじを前に、そんなにいらないと言い出した。

もしかして意味が分かってないのか……？

心配になり説明するが、ちゃんと分かった上でいらないと答えたみたいだ。

問答の末、この屋台《やたい》の商品をいつでも食べ放題にしてくれるということで、お互いに親指を立てて了承し合っていた。なんだこいつらは……言葉を交わさずに意気投合している。

ミヅキはずっとソーセージが食べられるとご機嫌だ。まったく欲がなくて勿体《もったい》ない。

だがそこがミヅキのいいところでもあるな。

屋台《やたい》のおやじと別れ、しばらく歩くとやっとお目当ての馴染《なじ》みの店に着いた。

中に入ろうとするとミヅキに服を引っ張られた。シルバが入店できないかも……と心配しているみたいだ。

大人しいからついそのまま連れて入ろうとしてしまった。

店のおかみさんであるリリアンさんに事情を話すと、裏の従業員用のテーブルを使っていいと言われる。これならシルバも一緒に食べられるだろう。

ミヅキに伝えると抱きついてお礼を言われた。この位のこといつでもやってやるのに……

裏の席に座っていると、リリアンさんが注文を聞きにきたので、いつもの煮込み料理を三人分頼む。

リリアンさんを初めて見たミヅキは、神妙な顔でなにやらブツブツ呟いている。

どうやら胸の大きさに衝撃を受けたらしい。確かにリリアンさんはデカいからな……これを言うと旦那がうるさいから口にはできないが……

しかしミヅキの年齢なら胸などなくて当たり前だ。そのままのミヅキで十分可愛い。

そう言ってやるがまだ気にしている。女の子は難しいなぁ……

リリアンさんが料理を持ってきたので食べ始める。

やっぱりここの煮込み料理は美味《うま》い！　ミヅキもシルバも満足そうだ。

ミヅキの料理も美味《うま》いぞと褒《ほ》める。それをリリアンさんが目ざとく聞いていたようで、反応した。

今までミヅキが作った料理やソーセージのことを話してやると、ミヅキに料理を考えて欲しいと頼んでいた。

どうやら新メニューを考えたいが、いい案が浮かばないらしい。

ミヅキがなにかを考え込んだ後、恥ずかしそうにリリアンさんに耳打ちした。リリアンさんがポカンと口を開けてミヅキを見つめる。

いったいなにを言ったんだか……

それから二人は店の中に入っていってしまった。シルバも大人しくしているし危険はないだろう。

しばらくして戻ってきたが、なにやらミヅキの様子がおかしい……元気がない。

シルバもそばに寄り心配そうにしている。

当のミヅキはなんともないと言い張るが、空元気のような気がする。

後でリリアンさんに聞いたが、どうやら新メニューを提案する条件に、胸を触らせて欲しいと頼んできたらしい。どこのおやじだと思ったが、リリアンさんいわく母親の温もりが恋しかったのではないか、とのこと。

赤子のように抱きしめてやると、胸に寄り添い少し寂《さび》しそうにしていたようだ……

確かにミヅキはしっかりしていて、いつも明るいが、まだ小さな子供。まだ親に甘えていい年齢だ。

だが、もっと頼ってほしい、甘えていいと言っても、きっと素直に行動には移してくれないだろう……

なら勝手にやるまでだ！　絶対に寂《さび》しい思いをさせないようにしなければ！

ミヅキがリリアンさんと新メニューの相談をしている。

ハンバーグなるものを知っているか聞いていた。

リリアンさんは聞いたことがないらしく首を振る。そこで旦那を呼んで来ると言い、中に引っ込んだ。

あのデカい奴が出てくるのかと思い、込み上げてくる笑いを必死に抑える。ミヅキの反応が楽しみだ。

少ししてリリアンさんの旦那のルンバが出てきた。

デカい図体で顔もいかついのに、声が小さくて気が弱い奴だ。

リリアンさんはそこがいいと言っていたが……

ミヅキは最初ルンバのデカさにビックリしていたが、リリアンさんが自分の旦那で、この店の料理人だと紹介すると、普通に受け入れ、よろしくおねがいしますと挨拶《あいさつ》をした。

一方のルンバはミヅキの小ささに緊張しているようだった。顔がいつもより強張っている。ただでさえ怖い顔が何割にも増して怖くなった。

それなのに怯《おび》えることなく挨拶《あいさつ》をしてきた幼子《おさなご》相手に、よろしくと消え入りそうな声で言っている。小さいミヅキは聞こえなかったのか、ポカーンとルンバを見上げていた。

その様子がおかしくて、堪《こら》えきれず笑ってしまった。

戸惑っているルンバに助け船を出す。

気にせず話せと言うが動かない、ビビって固まってしまったようだ。

そうするとミヅキが先に動きだす。

臆《おく》することなくルンバに近づき、屈《かが》んで欲しいと手招きする。

ルンバが素直に従い、そのいかつい顔がミヅキの近くにくる。あの顔を見て、今まで何人の子供が泣き出したことか……

しかし、ミヅキは満足そうに頷き、泣く気配はない。ルンバのほうが驚いていたくらいだ。

ミヅキがハンバーグを知っているかと聞いている。

ルンバが緊張からぶっきらぼうに知らんと答えると、ミヅキが笑った。

幼子《おさなご》の笑顔にルンバの顔が驚いて固まってしまっている。

幼子《おさなご》の笑顔など、こんなに間近で見たことがないのだろう。そうなるのも仕方がない。

ミヅキは気にせず話を進めている。ハンバーグの作り方を説明しているようだ。

そのうちルンバが料理人の顔に変わった。ミヅキの存在を忘れて熟考し、いかつい顔の眉間にシワが寄り、更にいかつくなってしまっている。

その顔を間近で見ていたミヅキが、おもむろに眉間のシワに手を伸ばした。

途端にルンバがビックリして逃げていった。

その様子に腹を抱えて笑ってしまう。まったく大の大人が幼児に触られたくらいで逃げるなよ。

当のミヅキは怒らせたと思っておろおろしているので、大丈夫だと宥《なだ》めた。ビビって逃げて照れてるんだと教えてやる。すると、なぜかミヅキは興奮しだした。

……この子のツボがよく分からん。

それから実際ハンバーグを作ってみることになり、ミヅキに工程を説明してもらうことになった。

俺がミヅキを抱っこして厨房《ちゅうぼう》に入る。厨房《ちゅうぼう》にはルンバと、もう一人の料理担当のポルクスがいた。

邪魔しないように通り抜け、ルンバのもとに向かうと、ルンバがチラチラとこちらの様子を窺《うかが》っている。先程のことを気にしているのだろう。

ミヅキがルンバの行動に首を傾げているので教えてやる。

ミヅキは俺の腕から下りて、ルンバのそばに近づき、そのでかい腕にそっと触れた。

ルンバがビクッと硬直するが気にせず、先程の件を謝っている。自分が脅《おど》かしてしまったと思ったのだろう、ミヅキはそういう子だ。

続けて美味《おい》しいハンバーグを作ろうと明るい声で言う。ルンバは「ああ」と戸惑いながら返事をした。

ミヅキが気を使っているのに、この図体だけの男は！

ルンバをキッと睨んで、撫《な》でてやれと口パクで伝える。ルンバは恐る恐る手をミヅキに近づけた。

ミヅキは大人しく待っている。

ルンバがそっとミヅキの頭に触れると、ミヅキはくすぐったそうに笑った。

その様子にルンバもほっとしている。

二人（主にルンバ）が打ち解けたようで、ようやく料理を作り始める。ミヅキがたどたどしく伝えると、ルンバはなるほどとテキパキと動く。

料理に関しては頼りになるんだが……

ミヅキも手際のよさに凄いと驚いていた。

肉のミンチに味つけをしていた時、ミヅキが牛乳はないのかと尋ねた。

あまりここら辺では見ない食材だ。しかし、ポルクスが持っていると声をかけてきた。

ミヅキがキラキラと表情を輝《かがや》かせて牛乳を見つめる。

本当に貰っていいのだろうかと不安げなミヅキに対して、ポルクスが村のためになるかもと、快く牛乳をくれた。ミヅキは嬉しそうにお礼を言う。

ポルクスもミヅキからの素直な感謝に悪い気はしないらしく、照れながら作業に戻っていった。

どうやら牛乳はパンを浸して肉のミンチに足すようだ。

混ぜてと言われてルンバが混ぜていく。粘《ねば》りが出てきたところで形を整えるが、ミヅキは手が小さく思うようにできないようだった。

小さい見本を作り、コレより大きくしてと言われて、ルンバがミヅキのものより五倍ほどデカい形を作る。

でかいルンバのハンバーグもいいが、ミヅキの作った小さいハンバーグも捨てがたい。この見本まで可愛く見えてきてしまう……我ながら重症だ。

両面をフライパンで焼いていくと肉の焼ける、香ばしい匂いがしてくる。

以前作った芋《いも》のチーズ乗せを添えて完成だ。

さっき飯を食ったばかりだが腹が空く！　早く食いたい。

ミヅキの料理の知識には舌を巻くが、もう我慢の限界……

耐えきれずに口から言葉が飛び出した。

「さぁ、試食だ！」

七　約束

皆で出来上がったハンバーグの試食をする。まずはやっぱりルンバさんからだよね。

ルンバさんが食べるのをドキドキしながらじっと見つめる。

手順は大丈夫だったと思うけど……

彼はハンバーグをばくっと口に入れて、考えるように食べている。

「美味《うま》い……」

たった一言だけだったが、私はほっとした。隣ではベイカーさんがもうすでに食べている。

やっぱり料理人に味見してもらうのは、緊張するなぁ……

自分も食べてみようとハンバーグに手を伸ばし、口に入れる。

うん！　美味《うま》い！

肉が違うからどうかと思ったが、ちゃんと脂《あぶら》も出ていてジューシーな仕上がりになっていた。

ルンバさんやポルクスさんもこれならいけると言いながら食べている。

「ミヅキちゃん、ありがとう！　想像以上に美味《おい》しいわ。意外に簡単だしね！」

リリアンさんも満足そうだ。

「ミヅキ、ありがとな」

ルンバさんがボソッとお礼を言ってきた！

なんだか恥ずかしくてベイカーさんのそばに寄る。ベイカーさんがやったなと頭を撫《な》でて褒《ほ》めてくれた。シルバも美味《うま》い美味《うま》いと沢山食べている。

「これはお店の新たな看板メニューになるね！」

リリアンさんがこれは売れると息巻いて、早速メニューに入れようとメニュー表に手を伸ばした。

「ミヅキちゃん、また面白いレシピがあったら教えておくれ！　あとねぇ……ここにはいつでも来ていいからね」

私を抱き上げ、ギュッと大きい胸で受け止めて、抱きしめてくれる。

私はコクンと小さく返事をした。

リリアンさんが私を下ろした後、ルンバさんが寄ってきた。

「ミヅキ、また来い」

もうビクつくこともなく頭に手を乗せる。言葉は少ないが、なんだか凄く嬉しい。

思わずギュッと足に抱きついてしまった。ルンバさんもそっと抱きしめ返してくれる。

ポルクスさんには牛乳のお礼をして、今度牛乳を使ったレシピを教える約束をした。

「ミヅキは今日だけで町に知り合いが増えてきたな」

お店を後にしてから、ベイカーさんが優しく微笑む。

「うん」

私は噛みしめるように頷く。自分の居場所ができたみたいで嬉しくなった。

次の日、講習の続きがあるとのことで、ベイカーさんやシルバと一緒にギルドに向かうと、すでにコジローさんが待っていた。

講師を替えてもいいそうだが、私はもちろんコジローさん一択だ！

変更なんてとんでもない！

「コジローさん、おはよーございます！」

「おはよう」

元気に挨拶《あいさつ》をすると、コジローさんが朝から爽やかに笑って挨拶《あいさつ》をしてくれた。

「お前、俺達が見えてるか？」

ベイカーさんが、じとっと物言いたげな目でコジローさんを見る。

「もちろんです。ベイカーさん、フェ……シルバさんおはようございます」

コジローさんがシルバをフェンリル様と呼びそうになっていた。

「よく笑うようになったたな……」

ベイカーさんはなんだか嬉しそうに、まぁいいかと苦笑した。

「ベイカーさん、いってきまーす」

お留守番のベイカーさんに手を振り、町の外に向かって歩いていく。今日の講習の内容が気になり、声を弾ませながらコジローさんに尋ねた。

「きょうはなにをするんですか？」

「今日は魔物と戦ってみよう。シルバさんもいるから大丈夫だと思うが、オレから離れないでくれよ」

「はい！」

心配そうに眉尻を下げるコジローさん。私はピシッと背筋を伸ばし、敬礼をして答えた。

魔物がいるのは聞いていていたが、まだ見たことはない……怖いし、気を付けよう！

町を出て近くの森に入る。

「まずはゴブリンあたりからかな？」

コジローさんが周囲を警戒しながら森の奥へ進む。シルバに乗りながらついて行くが……この二人……全然足音しないいんだけど。

草とか枝とか落ちてるはずなのに、なんで？

思わず足元を凝視《ぎょうし》してしまった。

しばらく歩くとなにか嫌な臭いが鼻を掠《かす》めた。顔を顰《しか》め、鼻を押さえていると、二人がピタッと立ち止まる。

コジローさんが手で合図をして、少し先を指差す。指し示した先にはゴブリンが見えた。

ゴブリンは、まだこちらには気が付いていないようだ。

ゴブリンの容姿はゲームや物語では知っていたけど……実際目の当たりにすると気味が悪い。

寒気がしてブルッと背筋が震える。

その時、ふいに目の前にいたゴブリンが消えた！

「えっ……」

いきなり消えたことに逆に恐怖を覚える。思わずシルバにギュッと抱きついた。

【ミヅキ！　どうした？】

怯《おび》える私に、シルバが心配そうに尋ねてくる。

【な、なんかゴブリンが消えちゃったよ！　どこに行ったんだろ！　いきなり後ろから襲われたら……どうしよう、怖いよシルバ……】

目を瞑《つむ》りたいけど怖くて瞑《つむ》れない。キョロキョロ周りを警戒しながら、カタカタと震えてしまう。

【ミヅキ！　大丈夫だ、すまない。俺がゴブリンを消したんだ！】

今、シルバが消したって言った？

思わぬ台詞《せりふ》に、目をパチパチとしばたたかせる。

【ミヅキが不快な思いをしてるのを感じて、風魔法で一瞬で細切れにして飛ばしたんだ……】

シルバが耳を伏せながら言う。私を脅《おど》かしてしまってしょぼんとしている。

「さすがシルバさんですね！　オレもほとんど見えませんでした」

コジローさんはシルバを尊敬の眼差しで見つめている。

【だって……全然なんにも見えなかったよ】

あまりの驚きに体の震えも止まった。

【あんな奴らの姿をミヅキに見せたくなくてな……いきなりやってしまいすまなかった。次からは

言ってから殺《や》るな】

【ううん！　シルバありがとう。私のためにしてくれたんだよね。その気持ちが嬉しいよ】

シルバがすまなそうにしているので、優しく撫《な》でてやる。シルバの尻尾がパタパタと動いた。

【でも大丈夫。ここで生活して行くには、そんなことで逃げてちゃダメだよね！　まだ気味が悪くて慣れないけど、ちゃんと立ち向かわないと！】

【分かった。ミヅキは強いな】

グッと体に力を込め、拳を握る。シルバが誇らしそうに頷いてくれた。

「コジローさん、すみません」

「いや、無理しなくていい。それにテイマーは従魔を使って攻撃するんだ。シルバさんが倒すことになんの問題もないよ」

あっそうか。シルバは従魔なんだからそういう攻撃の仕方なのか！

「多分今ので、少しレベルが上がったんじゃないか？」

レベルと聞いてこっそりステータスを確認する。

《名前　》ミヅキ
《職業　》テイマー
《レベル》1→4
《体力　》50→73

《魔力》10000↓10800
《スキル》回復魔法　水魔法　火魔法　土魔法　風魔法
《従魔》シルバ（フェンリル）
《備考》愛《いと》し子　転生者　鑑定　？？？　？？？

【シルバ！　レベル上がってるよ！　シルバが倒してくれたおかげだよ！】
レベルが上がったことをシルバに早速報告する。
【そうか！　じゃミヅキのためにも沢山倒していこう！】
そう言って張り切っているので、程々にしてねとお願いしておいた。
まぁ、死なない程度に強くなれればいいよね！
そして、また魔物を探して奥に進む。
「ミヅキ！　またゴブリンだぞ！」
コジローさんが私達を守るように前に立った。
ゴブリン達もこちらに気付き様子を窺《うかが》っている。
【どうする？　また俺がやろうか？】
余裕な顔のシルバに私も緊張が少し和《やわ》らぐ。
「もちろんそれで大丈夫だ」
チラッとコジローさんを見ると、問題ないと頷く。

【じゃ、シルバお願い。どんな魔法を使うかだけ教えて！】

【分かった。どんな魔法がいいんだ？】

【シルバはどんな魔法が使えるの？】

【回復以外の魔法はほぼ使えるぞ】

シルバの言葉にコジローさんが驚いている。でも、私にはどんな魔法があるのか分からないので、いまいちピンとこない。とりあえず「へー」と感心しておいた。

【うーん。火はなんかグロそうだし風は見たし……土か水はどうかな？】

魔法といえば火、水、風、土、木、だよね！

【分かった】

シルバはあっさり返事をした。次の瞬間、ゴブリンの足元の土が盛り上がり、鋭く伸び上がると、ゴブリンの体を串刺しにした。

「…………」

私はあまりの衝撃に言葉をなくす。

【ミヅキ？】

【あっ、ごめんねびっくりしちゃったー】

シルバが心配そうに振り返り顔を見た。私はどうにか立ち直って平静を装う。

……もっと落とし穴的なものを想像してたんだけどな。

まだ心配そうにしているシルバの背中を、大丈夫だよとぽんぽんと叩く。

なにをしても命を奪う行為だ。綺麗も汚いも関係ない、躊躇《ちゅうちょ》していればこっちがやられてしまう……同情していたら戦えない。

【ちなみに水魔法だとどうやるの？】

【水の塊《かたまり》を当てて貫通させるか、水を纏わせて窒息《ちっそく》のどちらかだな。窒息《ちっそく》させるなんて面倒だからあまりしないがな】

一応シルバに聞いてみたが、当たり前のように言われた。

うん、どっちにしろグロいね。それにしてもこれって普通？　なにが普通か分からないな。

ゴブリンってそんなに強くないのかな？

シルバが強すぎてあまり参考にならない。

「コジローさん、ゴブリンってよわいの？」

ここは先生に聞いてみよう！

「あまり強くはないが、群れるので厄介《やっかい》だな。一対一だったら大人の男なら勝てるだろうが……」

ゴブリンの説明をしていたコジローさんが、ふいに言葉を区切った。ハッとした表情を浮かべ、急に体を横に向かせる。

「っ！」

シルバとコジローさんが同時に私を庇《かば》うように身構えた。

「またゴブリンだ……ちょっと数が多いな」

見ると、さっきの倍以上のゴブリンがこちらに向かってくる。

【ミヅキ。嫌なら目を瞑《つむ》っていろ】

シルバが気にして私を気遣ってくれる。

コジローさんも今度は戦うようで、短剣を取り出し、両手に構えた。さっと駆け出し、ゴブリンとの距離を詰め、あっという間にその体を切り刻んでいく。

その姿は忍者そのものだった。

その後、シルバも風魔法で殲滅《せんめつ》し、容赦なくゴブリン共を片づけていく。

この人達、凄くない？　強すぎないかなぁ……

倒しても倒しても湧いて出るゴブリンに、コジローさんが顔を顰《しか》める。

「なにか様子がおかしい。確かにゴブリンは群れることが多いが、こんな数が集まることはあまりない」

【もしかしたらゴブリンの集落ができたのかもしれんな】

シルバが低く唸《うな》りながらそう言った。コジローさんが目を瞠《みは》り、声をあげる。

「集落！　そうなるとすぐにギルドに報告しないと……ミヅキ、シルバさん。講習は一旦終了で！」

「でもこのままかえったら、ゴブリンがまちにはいっちゃうよ」

そうなったら町が大変なことになるんじゃ……

こうしている間にもまたゴブリンが現れ続けている。

シルバがそれをすかさず殺していく。

【シルバ、ゴブリンをここで食い止められる？】

【造作もない】

余裕の表情を浮かべるシルバから、頼もしい答えが返ってくる。

「コジローさん、わたしたちここでゴブリンくいとめる！」

「駄目だ！」

間髪《かんはつ》を容《い》れずコジローさんが叫んだ。そして、悲しそうに顔を歪める。

「ミヅキになにかあったら……」

「シルバがいますっ。それにまちにゴブリンがはいっちゃったら……そのほうがいやだよ」

だから大丈夫と笑って頷いてみせる。

コジローさんはぐっとなにかに耐えているようだ。握りしめた拳が微《かす》かに震えている。

悲しい顔をさせてしまって、ごめんなさい。

「……シルバさん、ミヅキをよろしくお願いします」

【大丈夫だ！　ミヅキには指一本触れさせません！】

シルバが言うとコジローさんがコクッと頷いた。

「ミヅキ。もしミヅキになにかあったら、オレは自分を許すことができない。そのことを忘れずに行動してくれ！　約束だ」

真剣な顔で私の両肩に手を置き、コジローさんがじっとこちらを見つめる。

私はしっかりと頷いた。コジローさんは名残惜しげに私の頬を撫《な》で、ギルドに向かって走りだした。途端、ゴブリンがまた現れ始める。

【やっぱり来たね！　私も少し魔法を使って攻撃してもいいかな？】

【ミヅキは魔法の才能があるから大丈夫だろ。なにかやってみろ、ダメなら俺がいるからな】

イケメンフェンリルからお墨《すみ》つきをもらう。

【うーん。じゃ、やっぱりシルバの得意な風魔法かな？　真空の刃みたいな感じだよね】

私は魔力を鎌鼬《かまいたち》みたいな風の刃になるように想像して、魔力を練る。

「かぜっ」

そう叫び、魔力を手から放出する。

──シュッ！

その瞬間、手のひらからなにかが出て、ゴブリンのそばにあった木がドサッと切り倒された。

【あれ？】

【上手く魔法は出せているぞ、後は標的をよく見てみろ】

確かに魔法が発動したみたいだが、思うような場所に行かなかった。

シルバ先生に言われて、ゴブリンのほうに先程の刃が向かうように想像する。

「かぜ！」

今度は上手くゴブリンに当たった。

【あたった！　シルバあたったよ】

【ああ、やはりミヅキは魔法が上手いな！】

シルバも自分のことのように喜んでくれる。私は魔法の練習とばかりにゴブリンを次々に殲滅《せんめつ》していった。

コジローさんが町に行ってからしばらく経つが、私達は未だにゴブリンと戦い続けていた。いい加減、ゴブリンを倒すことに抵抗がなくなってくる。

【いくらでも湧いてくるね】

【数がどんどん増えてる感じだな】

シルバもいささか飽きてきたようだ。

欠伸《あくび》をしながらゴブリンを倒している。

【もう少し近づいて様子を見てみる？】

【俺は構わんが、ミヅキはあいつに怒られるんじゃないか？】

あまりにも変化がないのでシルバに提案してみる。

コジローさんのことを言われて、どうしようかなと考えていると……

「っ！」

なんだろ……今、なにかの声が聞こえた気がした。それに、呼ばれている気がする。

この感じ……シルバに会った時にも感じた。

悲しくて、寂《さび》しいと訴えているような……

妙に胸がざわつく。

【シルバ！　なにかが呼んでる気がする。あっちに行ってくれる？】

ゴブリンが大量にいる方向を指差す。

【あっちはゴブリン達がいるぞ……いいのか】

【うん！　だってなんか呼んでる。行かなきゃ！】

もちろんコジローさんとの約束も覚えてる。決して死ぬつもりも、怪我するつもりもない。

だけど、なぜだか行かなきゃいけない気がする。助けなきゃいけない気がする。

私はコジローさんに心の中で謝り、シルバとゴブリンの湧いて出るほうに向かった。

◆

オレは、ミヅキとシルバさんを置いて急いでギルドに走った。

ギルドに着くとそのまま受付を駆け抜け、ギルマスの部屋に向かう。

――バンッ！

扉をノックもせずに開けると、中にいたギルマスとセバスさんが何事かと身構えた。

「ギルマス！　先程向かった西の森でゴブリンが異常発生しているようです！　シルバさんが言うには集落ができているかもしれないと……」

「なに！」

ギルマスもセバスさんもゴブリンの集落と聞いて驚愕する。

「それでミヅキと従魔は？」

ギルマスに聞かれ、残してきたミヅキのことを思い、唇を噛みしめる。

「ミヅキとシルバさんが、ゴブリンが町に来るのを食い止めてくれています。シルバさんの戦力からいって危険はないと思いますが……」

自分の選択を未だ後悔して下を向く。やるせなさが胸に広がり、拳を握りしめた。

「シルバさんの力は分かっていますが、ゴブリンのところにミヅキを置いてきたと思うと……」

「残りたかったろうに、知らせに来てくれてありがとうな！」

ギルマスがよくやったとオレの肩を叩く。

「すぐに討伐隊を結成しましょう」

セバスさんはそう言って、指示するべく部屋を出ていった。

「オレはミヅキのところに戻ります」

今すぐミヅキのところに戻りたい。部屋を出ようとするが、ギルマスに呼び止められた。

「お前はセバスと討伐隊の組織に力を貸せ！　場所が分かるのはお前だけだ」

「そんな……」

絶望感を覚え、思わず顔を顰《しか》める。

「気持ちは分かる、がミヅキのもとにはベイカーを向かわせる！」

ベイカーさんが行くなら……

オレは渋々納得した。ギルマスがベイカーを呼べと指示を出すと、職員が慌てて駆け出した。

◆

家でミヅキの帰りを待っていると、ギルドの職員がただならぬ様子で駆け込んできた。

「ベイカーさん、今すぐギルドに来てください。ギルマスがお呼びです」

俺はサッと用意して家を出て、職員と並んで走る。

「なにがあった？」

わざわざ呼びに来るってことは、なにか事件が起きたに違いない。

「西の森でゴブリンの異常発生があったそうです。もしかしたら集落ができているかもしれないようで……町に近いので、今すぐ討伐隊が結成されるようです」

職員が走りながら必死に説明する。

「西の森……ミヅキが向かったところか……」

嫌な予感に足を速める。

「コジローさんが、講習中に遭遇したようで、講習を中断して報告に戻りました」

「講習中の新人はどうした？」

職員の話を聞いて、すっと背筋に冷たいものが走った。思わず噛みつくように職員に尋ねてしまう。

「す、すみません新人のことは聞いていません」

職員は俺の剣幕に怯《ひる》みながらも、なんとか言葉を続ける。

「ただ……誰かが残って、ゴブリンが町に来るのを抑えているようです」

それだけ聞いて俺は分かってしまった……残っているのがミヅキとシルバであると。

「先に行く」

そう一言言い残し、俺は職員を振り切り、ギルドに向かって駆けた。


——ダッダッダッ……ドンッ！

「ギルマスっ！　ミヅキは？」

ギルドに着くなり、開口一番そう言った。

ギルマスは真剣な表情を浮かべて、扉を閉めるよう顎をしゃくる。

「ミヅキは従魔と残ってゴブリンを抑えてくれているそうだ。戦力としてはフェンリルの従魔なら問題ないとは見ている」

ギルマスが努めて冷静に、淡々と言う。

確かにギルマスの言うことも理解はできる。しかし、ミヅキを置いてきたのかと思うと怒りを抑えられない。俺は目を剥《む》いて、ギルマスに怒鳴りながら食ってかかった。

「コジローはどうした！　あいつはなにをしてるんだ！」

「あいつはミヅキを連れて戻ろうとしたんだ。だが、ミヅキ自身が町にゴブリンが侵入することを恐れて残ると言ったそうだ」

クソ！　ミヅキが言いそうなことだ！

「それで、どうするんだ⁉」

「今、セバスとコジローで討伐隊を準備している。コジローはミヅキのもとに行きたがっていたが……場所を知ってるのはあいつだけだからな……」

「じゃあ、俺はミヅキのもとに向かっていいか？」

今すぐにでも駆けつけたい。万が一、ミヅキが怪我でもしたら……

気が急いて、身を乗りだして尋ねると、ギルマスは力強く頷いた。

「ああ、そうしてくれ。お前が行ってくれるならコジローも討伐隊のほうに集中できる」

少し冷静になると、コジローの気持ちを考える余裕が生まれる。

コジローはその場にいたんだ。今のあいつにはミヅキを置いていくことは、身を裂くほど辛かっただろう。

大体の場所を聞くため、俺はコジローのもとに向かった。

「コジロー！」

人集《ひとだか》りの中にコジローを見つける。

コジローは俺に気が付くと、人を掻《か》き分け、駆け寄ってきた。

「ベイカーさん！　すみませんでした……オレ、ミヅキを守るって誓ったのに、ミヅキになにかあったら……」

今にも泣きそうな顔で俺を見るコジロー。

拳を手のひらが白くなるほど強く握りしめ、体を震わせている。その姿から、自分の行動を責めているのがありありと伝わってきて、俺の怒りは消え去っていた。

本当にミヅキはこいつにとって大切な存在になったんだ。

それにこんなに感情が出るようになった。それが嬉しい。

こんな時だが、改めてそう思った。

俺はコジローの肩を力強く掴むと、

「大丈夫だ！　シルバがいるんだろ。あいつがミヅキに怪我をさせるわけないからな」

自分にも言い聞かせるつもりで言う。

「はいっ……」

コジローもシルバの強さが分かるのだろう、一呼吸すると少し落ち着いたようだ。

「それで、場所はどこだ？」

西の森のゴブリンに遭遇した場所を簡潔に言われる。

近くに行けばある程度気配で分かるだろう。

「ベイカーさん、よろしくお願いします！」

「すぐに向かう！」

コジローが深く頭を下げた。

俺は彼の肩を励ますように叩き、ギルドを飛び出した。

八　諦めて

私とシルバはゴブリンを倒しながら、前へ前へと進んでいく。足元にはゴブリンの死体が転がっていた。

シルバから呼ばれる声に集中しろと言われ、その背中にしがみつき目を閉じる。

あなたは誰？　なんで私を呼ぶの……

集中しながら、念じるように呼びかける。

しかし、先程の気配は微《かす》かにしかしない。必死に語りかけ続けるも、ふいに声が途切れてしまった。不安になり泣き出しそうになる。

【シルバどうしよう。なんか声が微《かす》かにしか聞こえない】

【どうした！　諦めるのか？　俺はいつでも帰っていいんだぞ！】

シルバが弱音を吐く私に檄《げき》を飛ばす。シルバの言葉に力を貰い、私は真っすぐに前を見据えた。

【ううん、諦めない！　微《かす》かだけどまだ呼んでる！】

まだ向こうが呼んでくれてるのに、私が諦めてなんかいられない！

私は更に集中して、瞼《まぶた》を閉じ、声に耳を傾けた。

【シルバ、少し右のほうに向かって！】

微《かす》かに聞こえる声を頼りに、シルバに指示を出す。

【ミヅキ、この先に洞窟《どうくつ》があるぞ。多分ゴブリンの住処《すみか》だろう、嫌な臭いがするな】

シルバが嫌そうな声をあげた。不快な臭いが私の鼻にも届く。

……嗅覚が優れているシルバには、尚更キツいだろう。

【声はその先からしてると思う……どうしよう。入っちゃうとシルバが危険な目に遭っちゃう？臭いとか耐えられないでしょ？】

私はシルバを心配して聞いてみる。

【シルバが大変なら、降りて私が歩いて向かうよ！　小さいから隠れて行けば見つからないかも！】

【………】

【シルバ？】

シルバから返事がない。

まさかもうすでに怪我でもしてたのかな……？

心配になり起き上がり目を開こうとした、その時。

【絶対に離れるな】

低く、鋭い声でシルバが言った。

シルバが怒っている……いやこれは悲しんでる？

【絶対に俺から離れるな！　ミヅキ、なんで俺をもっと頼らない？　なぜ俺が心配されるんだ！

お前のほうが弱いのに……それに、こんなゴブリンごときに俺が殺《や》られるわけないだろう。仮に俺

より強い奴が相手でも、お前のためなら俺はどこまでも戦える！　傷つくことなど、どうということはない！】

シルバは、私が自分を優先させたことが許せないみたいだった。

鋭利な爪を地面に食い込ませ、こちらを振り向く。その瞳は鋭いが、同時に悲しみに揺れているように見えた。

【シルバ、ごめんね……あと、ありがとう。でも私はいくらシルバが強くても、無理して欲しくない。私のために傷ついて欲しくない。何度怒られても、シルバを心配しちゃうと思う……だから……諦めて！　私はこういう奴だから！】

そう言って、私はギュッとシルバに抱きついた。

【でも、シルバのことは信頼してるよ！　だからシルバにお願いする！　洞窟《どうくつ》に向かって。いざとなったら一緒に戦ってほしい！】

ずっと一緒だよ！

そう思いながら、更に強くシルバを抱きしめると、シルバの雰囲気が柔らかなものに変わった。

【クックック、そうだな！　ミヅキはそういう奴だ！】

シルバは可笑しそうに笑いながら、そしてなぜか嬉しそうに洞窟《どうくつ》に向かった。

洞窟《どうくつ》を進んで行くと、臭いがどんどんキツくなる。

それに比例して、声は大きく聞こえるようになっていった。その声は悲しみと怒りに満ちていて、助けてと叫んでいるようだった。早く駆けつけないと、と心が急く。

どうやらこの洞窟《どうくつ》はゴブリン達の食料庫のようだ。宝物庫も兼ねているのか、所々に腐った食べものと金目のものが転がっている。

【シルバ！　その先を左に行って、ずっと奥に向かって！】

私が向かう先を指示すると、シルバがゴブリンを蹴散《けち》らしながら疾風《しっぷう》のように駆ける。

洞窟《どうくつ》の奥に着き、シルバから降りた。

シルバはこれ以上ゴブリンが近づかないように、入口でゴブリン達を食い止めてくれている。

洞窟《どうくつ》の一番奥の空間は、乱雑に置かれた食料が腐り果て、酷い臭いが漂《ただよ》っている。人間達を襲ったのか、錆《さ》びついた剣や兜《かぶと》などが転がっていた。

酷い場所……

気分が悪くなりながらも、汚物を掻《か》き分け進んでいく。

どこ？　どこにいるの？　今助けるから、頑張って！

必死になりながら声の主を探していると、汚物の中になにかがあるのに気付いた。

「いた……」

腐った野菜の山を掻《か》き分けると、赤く、淡く光る卵が現れた。

私の頭くらいの大きさのそれが放つ光は、弱く、今にも消えてしまいそうだった。

「おそくなってごめんね」

抱き上げようと卵に触れる。しかし……

「あつっ！」

卵は全てを拒否するかのように熱くなり、まるで触れるなと言っているようだった。

痛みを覚えるほどの熱さに耐え、私は優しく卵を抱きしめる。

大丈夫、大丈夫だよ。もうあなたを傷つけさせない。だからゆっくり休んでね。私が守ってあげるから……

そう声をかけながらギュッと抱きしめ続ける。すると、徐々に熱さが和《やわ》らいできて、ポカポカと温かくなる。

【ミヅキ！　大丈夫か⁉】

【ごめんね、シルバ、怪我しちゃった。ベイカーさんとコジローさんに一緒に怒られてね】

あらかた付近のゴブリンを倒し終えたシルバが、私のもとに駆けつける。

熱さに耐えながら抱いていたので、卵に触れていた手と腕は火傷《やけど》を負っていた。

心配そうに頬を舐《な》めてくるシルバに、私はそう言って笑いかけた。


卵を抱えたまま再びシルバに乗って洞窟《どうくつ》を出ると、外にいたゴブリン達がシルバと私に襲いかかってきた。まだこんなにいたのかとげんなりとする。

【くそ、一気に殲滅《せんめつ》できれば楽なのに……】

シルバによると、まとめて殲滅《せんめつ》することはできるが、それをしてしまうと森がなくなってしまうらしい……どんだけの威力なんだか。

だからちびちびと攻撃しなければならず、思うように数を減らせないでいるみたいだった。

周りを囲まれ、怒りが頂点に達したシルバがもういっそ全部吹き飛ばそうとする。それをなんとか抑えていると、突然ゴブリン達の様子が変わった。

やたら後ろを気にして攻撃が散漫になってきたのだ。

シルバがその隙をつき、一気にゴブリンの間を駆け抜ける。

「ミヅキ！」

「ベイカーさん？」

ベイカーさんの声がした！

なんでここに？

顔を上げると、少し先にベイカーさんが立っているのが見えた。

なぜベイカーさんがここに居るのか分からないが、シルバとともにベイカーさんのもとに向かう。

シルバとベイカーさんが周りのゴブリンを一瞬で倒す。

「なにやってんだ！　なんでこんな奥に来ている！　コジローと離れた場所はもっと手前のはずだろう！」

ベイカーさんはこちらに駆け寄り、ぎゅっと私の体を抱きしめながら怒る。

ベイカーさん……言葉と行動が合ってないよ。

「無事でよかった」

「ベイカーさん……ごめんなさい」

ベイカーさんの声が震えていて、私をどれだけ心配していたのか伝わってくる。

私は素直にベイカーさんに謝った。

「コジローやセバスさんにも怒られるのを覚悟しろよ」

ベイカーさんは私の体を離して、二人の名前を出した。

「えっ!!」

ど、どうしよう～。

「とりあえず町に向かう。もう討伐隊が出てきてるはずだから合流しよう」

私の動揺に構わず、ベイカーさんがシルバを誘導しながら前を走り出す。

「それで、その手に持ってるものはなんだ？」

走りながらチラッと腕の中の卵を見る。

「このこがたすけてっていってたから……どうしてもたすけてあげたくて……むりしてごめんなさい」

「……まぁ、詳しいことは帰ってからだ！」

ベイカーさんは一瞬考えた後、気を取り直すように言った。そして、シルバと変わらない速度で駆けていく。

ようやくゴブリン達を引き離すと、前から討伐隊らしき集団が現れた。

「ミヅキ！」

先頭にいたコジローさんが私を見つけて駆け寄ってきた。

「よかった……」

コジローさんもベイカーさん同様、私の無事を確認してホッとしている。

「シルバさん、ベイカーさん、ありがとうございました」

コジローさんが二人に礼を言う。

【いや、ミヅキを守りきれず怪我を負わせた……すまん】

シルバが悔やむようにコジローさんに謝った。コジローさんが青くなって私を凝視《ぎょうし》する。

「えっ？」

その様子にベイカーさんがおかしいと気付き、近づいてきた。

どうした？　とコジローさんの顔を覗き込む。

「シルバさんがミヅキを守れなかったと……怪我をさせてしまったと……謝っていて」

コジローさんの言葉に、ベイカーさんが上から下まで私を確認する。

私は反射的に手を隠してしまった。

二人は更に近づいて私の手を確認する。

柔らかく白い手と腕が、赤くただれて皮が剥《む》けていた。まさかこんなに酷いことになっていると は……自分でもびっくりする。

「なんだ……これは……」

ベイカーさんが愕然としている。コジローさんもショックを受けて、言葉を失っていた。

なんで怪我した私よりショック受けているんだ！

二人のあまりの落ち込みようにこちらが慌てる。

「ミヅキ……これは誰にやられた？　ゴブリンか？　アイツらがミヅキの手をこんなことに！」

ベイカーさんが大きな勘違いをして、顔を赤く染めている。違うと否定しても、怒りで頭がいっぱいのようで、私の声が耳に入らない。

「許さん……」

穏やかなコジローさんまで、怒りをあらわにしている。

その様子に下手なことを言えなくなり、戸惑っていると、魂が抜けた人みたいにふらっとベイカーさんが歩き出した。コジローさんもそれに続く……

あれ？　二人ともどこに行くのかな？

「お前らー！　ゴブリンを殲滅《せんめつ》だ!!　一匹たりとも生かしておくな！」

ベイカーさんが怒りのこもった声で怒鳴ると、冒険者達がそれに応えるように雄たけびをあげる。

あまりの声量に地面が揺れているかと錯覚するほどだ。

『おおぉぉぉ!!』

「行くぞぉおーー!!」

コジローさんが腰に提《さ》げていた剣を振り上げ、最初に飛び出した。

結局怪我の理由を言えないまま、怒りを爆発させた冒険者達によるゴブリンの討伐が始まった。

【シルバ……どうしよう。手の怪我、ゴブリンのせいになっちゃった】

【元を辿ればゴブリン共のせいだからな。俺も参加したいくらいだ】

私は不安になりながらシルバに話しかける。

しかし、シルバもウズウズしながらゴブリンを睨みつけていた。

行ってきてもいいよと言うが、そばを離れたくないと擦《す》り寄ってくる。

イケメンフェンリル、健在！

ゴブリン達の討伐は、憤怒に燃えるベイカーさんとコジローさんのおかげもあって、あっという間に終わった。

一応何名か見張りを残し、町に帰ることになった。私はベイカーさん達とギルドに戻って、一連の経緯を報告することになった。

ギルドに着くと、さっそくベイカーさん達がゴブリンを殲滅《せんめつ》したことを報告する。

殲滅《せんめつ》と聞いてディムロスさん達がホッとするのも束の間。私の怪我について話すと、ディムロスさんもセバスさんも凄く凄く心配してくれていた。

それから、手の治療のためギルド内の簡易治療室に急いで連れていかれる。

セバスさんがじっくりと手と腕の怪我を見て絶句する……なんで皆絶句するんだ！

と、思うが怖くて言えない……

「ミヅキさん……」

セバスさんが優しく私の手を包み、宝物でも扱うように触れる。

用意してくれた回復薬を、手から腕にかけて振りかけられると、痛みが引いてきた。

「あっ！　いたくない」

沈んだ空気を払拭《ふっしょく》するため、あえて満面の笑みを浮かべて皆に手を見せるが、誰も喜んでくれない。

私の小さい手には、痛々しい傷痕《きずあと》が残ってしまっていた。

コジローさんが目の前に跪《ひざまず》き、私の手をそっと握りしめる。

「やっぱり無理矢理にでもミヅキを連れて帰ればよかった……オレのせいだ……」

すまないと俯《うつむ》いて、顔を見せてくれない。

コジローさんの優しい顔が大好きなのに。

私はコジローさんの顔を怪我をした手のひらで優しく包み、ゆっくりと上を向かせる。

コジローさんの髪を掻《か》き上げ、右目の傷痕《きずあと》をそっとなぞる。

「おそろいだね〜」

そう言って笑うと、コジローさんは目を瞠《みは》った。

「コジローさんのきずはかっこいいの！　それとおそろいのこのきずもかっこいいんだよ！」

私は手の傷をかざし、堂々と見せる。

これは名誉の負傷だ！　だから後悔なんてない！

コジローさんはしばらく固まった後、ふっと肩の力を抜いた。目の縁《ふち》にうっすら涙をにじませ、私の手の傷痕《きずあと》を優しく撫《な》でる。

「お揃いだな」

そう囁いて、微笑みを返してくれた。

怪我の治療を終えて、今日は疲れただろうからとそのまま治療室で休むことになった。

私は、ゴブリンの洞窟《どうくつ》で見つけた卵を抱いたまま眠りにつく。近くにはシルバが片時も離れずについてくれている。

安心した私は、疲れていたこともあってすぐに眠りについてしまった。


——そして今、私は夢の中にいた。

ふわふわと宙を浮いているような感覚に周りを見渡すと、目の前に赤く光る玉が浮かんでいた。

赤い玉が話しかけてくる。

「助けてくれてありがとう。でもボクは生まれることができそうにないよ……君に会いたかったけど」

赤い玉が寂《さび》しそうに言う。

「なんで会えないの？　生まれるのが嫌になっちゃった？」

「そうじゃないよ、でもボクは力を使い果たしてしまった。あの嫌な場所に連れていかれてからどうにか生まれようと頑張ったけど……ダメだったみたいだ」

「やだ！　諦めないで！　私も諦めそうになったけど……あなたに会いたくて頑張ったのよ！」

「うん……ありがとう。でももう力がないんだ……」

悲しそうに言われる。本当は生まれたかったのだと、寂《さび》しい気持ちが伝わる。

「じゃあ、私が力をあげる。きっと助けてみせる！　だから諦めないで！」

私は手をめいっぱい伸ばして、赤い玉を抱き寄せた。

腕の中に優しく包み込み、目を閉じる。

体に流れる魔力を、ゆっくりゆっくり赤い玉に流し込むように撫《な》でる。

ゆっくりそっと……赤ちゃんを撫《な》でるように。お願い、頑張って生まれて。あんな汚いところの思い出なんか忘れて、この素晴らしい世界を見てほしい！

私は集中して、もっと魔力を感じとるために、更に深く意識の海に潜《もぐ》っていった。

◆

「はー……」

ミヅキが寝たのを確認して、俺は盛大にため息をついた。

……やっと落ち着いてきた。

「あの卵、なんだと思う？」

ギルマスとセバスさんに尋ねる。

彼らも心配でミヅキが寝るまでずっとそばにいたのだ。

「分からんが、熱を発する卵なんぞ聞いたことがない。それにあの色はなんだ？」

淡く光る赤い卵を見つめる。

「ミヅキさんが言うにはまだ生きているのですよね」

セバスさんが確認する。

「ああ、ミヅキがそう言っていた」

「ならまたミヅキさんの手を傷つけない保証はありませんよね……」

セバスさんが心配そうに、ギュッと卵を抱きしめている、ミヅキの傷ついた手を見ている。

しかし誰も取り上げることができない。

先程ミヅキに卵を渡すように言ったのだが……ミヅキはギュッと卵を抱きかかえ、潤《うる》んだ瞳で上目遣いにじっとこちらを見て、無言の抵抗を示した。

取り上げたら絶対泣きだすだろうし、嫌われる。あんな顔をされて取り上げられる奴がいるなら見てみたい。

さすがのセバスさんも取り上げることができなかったくらいだ。

その血筋からシルバと意思疎通できるコジローが、シルバに確認したところによると、もう卵がミヅキに危害を加えるようなことはないみたいだった。どうやら命が尽きようとしているらしい。

起きた時、ミヅキがその事実を知ったら……まったく……何事もなければいいが。

こんなにもミヅキを案じているのに、皆の思いはなかなかミヅキに届かない。自分のこととなると疎く、変に構われるのを好まない。どうもほっといて欲しそうにしている。

俺はまた小さくため息をついた。

その時、ミヅキのそばで寝そべっていたシルバが跳ね起きた。

鼻先を近づけ、懸命にミヅキに話しかけているように見える。

「ミヅキ！」

異変に気付いたコジローも声をかけるが、俺の目から見て、ミヅキは普通に眠っているように見える。

「おい！　どうしたんだ？　ミヅキになにかあったのか？」

俺は訳が分からずに二人に詰め寄った。

コジローがシルバを見て、目を瞠《みは》った。

「ミヅキの意識が薄くなったようです……魔力を使いながら深く眠ってしまった、と」

コジローも訳が分からないのか、シルバに更なる説明を求めた。

とりあえずシルバはミヅキと眠るという。どれくらいで起きるか分からないが、その間ミヅキを守れ、とコジローに言ったようだ。

「よく分からんが、後でちゃんと説明しろよ！　お前とミヅキは俺とコジローで守る！　手出しはさせん！」

俺がシルバに言うと、コジローも一緒に頷く。

それからシルバは、ミヅキを守るように体に抱え込んで目を閉じた。

「――それで、この状態なんですね」

治療室を出ていたセバスさんが、戻ってきて一連の出来事の説明を受け、ミヅキとシルバを心配そうに見下ろす。

「はい、いつ目が覚めるか分からないそうです……」

「とりあえず下手に動かせん。しばらくここに寝かせといてくれ」

コジローが心配そうに言うのに続いて、俺はセバスさんに頭を下げた。

彼は「当たり前です」と少し怒ったように言う。

「王都に私より魔法に詳しい方がいるので、手紙を出しました。来ていただけるか分かりませんが……」

セバスさんは唇を引き結び、難しい顔をする。

「ミヅキ……早く目を覚ましてくれ……」

ミヅキの目にかかった髪の毛を優しく払う。

あどけない顔のミヅキは、ただ普通に眠っているように見えた。

◆

俺の主人のミヅキはとってもいい匂いがする。

ずっと嗅《か》いでいたい甘い匂いだ。

ペロッと舐《な》めると止めてと言うが、その顔は嬉しそうで全然止めてほしそうに見えない。

ミヅキのそばにいるようになって、ずっとぽっかりと開いていた心の隙間が、ようやく埋まった気がした。

ミヅキのためならなんでもしてあげたいと思う。

以前なら絶対に許さなかった行為でさえミヅキにねだられるなら、その喜ぶ顔が見られるなら、ありがとうと抱きつき撫《な》でてくれるなら、どんなことでも受け入れ、耐えられると思った。

しかし、ミヅキの願うことはいつもささやかだ。そしていつも他人のために動く。

もっと俺はミヅキのためになにかしたいのに……

そんなミヅキのもとにはいろんな奴が集まる。

その一人に王狼族のコジローという小僧がいる。ミヅキに冒険者についてのあれこれを教える講師になったようだ。

どうやら俺と同じでミヅキに助けられたらしく、えらくミヅキを崇拝している。いやあれは敬愛か……？

俺が従魔と聞いて、羨ましいと頬を緩めていた。

ミヅキはなにやら勘違いをしていたが……まぁいつものことだ。

ミヅキを守る者が増えるのはいい。ミヅキ自身もコイツを気に入っているようなので、なにも言うまい。

コイツの秘密も今は黙っててやるか……どうやらまだミヅキにはバレたくないようだった。

少しハプニングもありながらも、そんな穏やかな日々を、ミヅキのそばに居られることを幸せに感じていた。

そんな折、ギルドの講習中に、俺達の前に汚く卑《いや》しいゴブリンが姿を現した。

ミヅキが怖がっていたので、その姿をすぐに視界から消した。ミヅキが見るには相応しくない奴らだ。一瞬で消したはずなのに、ミヅキが目に見えて怯《おび》えだした。

一体どうしたのかと慌てると、どうやら急にゴブリンを消えたことで恐怖したらしい。

自分がしたことだと説明する。

もしかしたら、これでミヅキに嫌われたかもしれない……

恐くなったが、その心配は杞憂《きゆう》に終わり、ミヅキはそんな俺にありがとうとお礼を言って愛おしげに撫《な》でてくれた。自然と尻尾が揺れる。

この優しい手が本当に大好きだ。

しかし、いやにゴブリンが多いな。王狼族の小僧も気になっているようだ。

集落ができているかもしれないと思い小僧に伝える。すると、小僧は慌てたようにギルドに戻って報告したいと言いだした。

しかし、ミヅキが戻りたがらない。

どうやら町にゴブリンが流れるのを不安に思っているみたいだ。俺にゴブリンを食い止めて欲しいと、申し訳なさそうにお願いしてくる。

そんなこと造作もないのに。申し訳なさそうにする必要なんてないのに。

ミヅキが残ることを小僧に伝えると、小僧が目に見えて渋る。俺がいること、ミヅキからのお願いだということで、どうにか首を縦に振った。

小僧はミヅキに無理をしないように約束を交わし、ギルドに戻っていった。

あんなゴブリン共にミヅキに指一本触れさせてなるものか！

ちょこちょこと湧いて出るゴブリンをミヅキとともに倒していく。やはりミヅキは魔法のセンスがあるようで、難なく風魔法を使いこなしていた。

丁度いい魔法の練習になったようだ。

しかし、ゴブリンはいくら倒してもまた増えてきてキリがない。

ミヅキもいささか飽きてきたようだった。

突然、ミヅキの雰囲気が変わった。ゴブリン共の集まるほうを指差し、声が聞こえるからあっちに行ってほしいと言いだした。

危ないぞと窘《たしな》めても聞かない。どうしても行きたいと言われたので、ゴブリンを蹴《け》散《ち》らしながら進む。

こんな薄汚いゴブリン共に囲まれているのを見せたくなくて、目を閉じ、声に集中して抱きついているように言う。ミヅキは素直に頷いて、瞼《まぶた》を閉じた。

しばらく進むと、ミヅキが声の反応が弱くなったと泣きそうになりながら、動揺しだす。

ミヅキが悲しむなら、このままこんな場所から連れ出してやりたい。だが、きっとミヅキはそんなことを望まない。

諦めていいのかとあえて強く聞くと、諦めないと言葉に力がこもるのを感じる。

それでいい。

もう一度集中したミヅキが指示するほうに、急いで行く。すると、洞窟《どうくつ》が見えてきた。

洞窟《どうくつ》に近づくにつれ、どんどん嫌な臭いが強くなっていく。

こんな場所にミヅキを入れるのか……？

不快感に眉間を寄せたその時、ミヅキから耳を疑うような台詞《せりふ》が発せられた。

俺が危険な目に遭ったり、不快な思いをしたりするのが嫌だから、ここからは自分一人で行くという。

なんで……なんでなんだ！

どうしてミヅキは一人で立ち向かおうとする。

そんなに俺は頼りないのか？　もっと頼って欲しいのに……！

ミヅキのためならこんな体、いつでも差し出すのに！

色々な思いが溢れ出し、ミヅキにあたってしまう。

ミヅキはそんな俺を優しく包み込むように、ありがとうと口にする。俺に傷ついて欲しくない、いくら強くてもいつでも心配してしまうと。

……今まで、誰にも言われたことのない言葉だった。

あまりの強さに誰からも心配されず、むしろ恐怖され続けていた孤独な俺。そんな俺を信頼していると、ずっと一緒だと、ともに傷つこうと……

ぎゅっと胸が締めつけられ、心の底から嬉しい気持ちが込み上げる！　腹の底から笑い声が漏れる。全身に力が湧いてくる！

ああ、そうだ！　やっぱりミヅキはミヅキだ！　ミヅキだからだと諦めよう！

そうして、ずっと離れず守り抜き、この身が滅《ほろ》ぶまでそばにいよう。

そう俺は再び心に誓った。


ミヅキとともに洞窟《どうくつ》へと入ると、嫌な臭いがしているはずなのに気にならない。ミヅキの匂いがするから大丈夫だった。

一番奥のほうに行って欲しいと言うミヅキに従い、ゴブリンを蹴散《けち》らし進んでいく。

最奥にたどり着くと、ミヅキが俺の背から降りる。そして、ゴブリン共が集めたゴミの中を漁《あさ》りながら、自分が汚れるのも気にせず声の主を探している。

すると、唐突にミヅキの動きがピタッと止まった。

どうやら声の主を見つけたようだ。それは赤い卵だった。

ミヅキは遅くなってごめんと謝りながら、卵を抱き抱える。しかし、その顔が苦痛に歪んだ。

どうやら卵が熱を発していたようだ。だが手を離そうとしない。

更に強く抱きしめ、優しく撫《な》で続ける。

そうすると卵の熱さが和《やわ》らいだようだった。ホッとした表情を浮かべるミヅキのそばに近づいて、俺は愕然とする。

卵に触れていたミヅキの手から腕にかけて、赤く焼けただれていたのだ。

そんなに高温だったのか……そんな痛みに、ミヅキは耐えていたのか……

先程守ると誓ったのに、俺はなにをしているんだ……！

自分自身に対する怒りが湧き、俺は低く呻《うめ》いた。

言葉を失っている俺に、ミヅキはなんてことはないと気丈に振る舞う。そして傷ついてごめんね、一緒に怒られてねと笑ったのだった。

とりあえず反省するのもさせるのも後にしよう。

ミヅキを急いで背に乗せて外に出る。

気付いたゴブリン共がワラワラと集まってきていたのだ。

一気に殲滅《せんめつ》することはできるが、そうすると森の原型が少しなくなる。そのことを伝えると、ミヅキがやめて欲しいと必死に止めてくる。

森よりもミヅキの安全のほうが優先だが、この子が嫌がることはしたくない。しかしいざとなったら……

不穏なことを考えていると、ゴブリン共の攻撃が違うほうに向いた。

その隙に、奴らの間を縫うように駆け抜けるとベイカーが現れた。いいタイミングだ。

ベイカーはミヅキがコジローと別れた場所にいなかったことに腹を立てていたが、それよりも無事だったことに安堵していた。

ミヅキがすまなそうに謝る。ベイカーは怒りと安心がない交ぜになった表情で、他の者達に怒られることを覚悟しろとミヅキを叱った。

俺も少し怒ろうかと思っていたが、怒る奴がいるならそれは任せよう。きっちりミヅキのために怒ってもらおう。

ベイカーの後を追いながら他の人間達と合流する。そこにはあの小僧もいた。

ミヅキを見てやはりホッとしている。

小僧に向き合い礼を言われるが、バツが悪くなり、思わず顔を逸らしてしまう。あんな大口を叩いたのに、ミヅキに怪我をさせてしまった。

そのことを言うと小僧の顔が青ざめる。小僧の様子にベイカーもミヅキの傷に気が付いた。

二人はミヅキの怪我を認めて、目を見開き、愕然としている。まぁ、気持ちは分かる。

二人はどうやら早とちりをしてゴブリンに怪我を負わされたと思ったようだ。

間違ってはいない。ゴブリン共がいなければ、ミヅキがこんな怪我を負うことはなかったはずだ。

俺も人間達とともにゴブリン共を根絶やしにしたい。

ミヅキが俺も行っていいと言うが、こんな場所にこの子を一人になんてしておけない。

それに今は怪我をしたミヅキとずっと一緒にいたかった。

ゴブリン共の掃除もすぐ終わり、ギルドに戻ってきた。それから、すぐさまミヅキの治療となった。そうだ早く治してやってくれ。

祈るようにミヅキのそばに寄り添う。

こんな時、回復魔法が使えたら彼女を癒《いや》すことができるのに……なにもできない自分に腹が立つ。

回復薬をふりかけると、みるみる傷が塞《ふさ》がり、痛くないとミヅキが笑って手を見せる。だが、その笑顔に反して皆の顔は凍りついていた。

ミヅキの白くてふわふわの手のひらと腕に、無惨な火傷《やけど》の痕《あと》が残っていたのだ。

胸の奥がギューッと誰かに掴まれたように苦しくなる。

あの傷を自分が代わってやれたらどんなにいいか……きっと他の者達もそう思っているのだろう。

皆が言葉を失う中、小僧がミヅキの前に立った。

自分がミヅキを連れて帰ればよかった……そう言って、肩を震わせ項垂《うなだ》れている。

そんなことを言ったらキリがないのは分かっているが、皆、自分を責めている。

一際あの小僧はその思いが強いように感じた。

ミヅキは小僧の顔を傷ついた手で優しく包み、上を向かせる。

そして小僧の右目の傷痕《きずあと》をそっと撫《な》でながら、おそろいだねと嬉しそうに笑った。

小僧も他の者達も息を呑む。ミヅキは自分に残った傷痕《きずあと》を憂《うれ》うでもなく、小僧の気持ちを慮《おもんぱか》り、笑みを浮かべたのだ。

その笑顔に誰がなにを言えるだろうか。皆、肩の力が抜けていく。

小僧も目にうっすらと涙をにじませ、ようやく笑うことができた。その様子にミヅキは本当に喜んでいた。

その後、眠そうに瞼《まぶた》をこするミヅキに、ベイカーが卵を離して寝るように言う。

しかし、ミヅキは離すまいとギュッと卵を抱きしめて、みるみる目に涙を溜める。今にも泣きそうな顔で上目遣いにベイカー達をじっと見つめた。

その顔にベイカーはたじろぎ、他の者達も目を合わせまいと顔を逸らす。あんな顔をされたら取り上げることなど誰にもできそうにない。

卵を抱きしめたまま眠りについたミヅキを皆、思い思いに見つめる。

あの卵に傷つけられたミヅキ。また彼女の体に傷がついてしまうことを皆恐れている。

小僧が大丈夫なのか聞いてくる。

卵の魔力を感じ取ったところ、あの卵はかろうじて生きているだけだった……もう風前の灯《ともしび》だ。

最後の力を振り絞ってミヅキを呼び、助けを求めたのかもしれない。

事切れる時、あの腕の中で逝《い》けるのなら、卵の中に宿っている命も悔いはないだろう。もし俺が卵の立場だったら、きっとそう思う。

だからもう傷つけることはないと小僧に伝える。小僧も、小僧から俺の話を聞いたベイカー達も一様に安心していた。

——だが、それは間違いだった。

ミヅキが眠りにつき、いつも通りすこやかな寝息を立てていたのに、なぜか急に呼吸が荒くなった。

なにが起きたんだ⁉

慌ててミヅキを見ると、彼女の意識が深く深く潜《もぐ》っていくのを感じた。どんどんミヅキが遠くに行ってしまう感覚に恐怖を覚える。

【ミヅキ！】と呼びかけるも、届きそうにない。魔力を使いながら更に深く潜《もぐ》ってしまう。

あんなに深く潜《もぐ》って、戻ってこられるのか⁉

ミヅキは静かに眠っている。

俺の様子がおかしいことに小僧とベイカーが慌てているが、構っていられない！

とりあえず俺はミヅキの後を追わねば。きっと帰り道が分からなくなるまで深く潜《もぐ》ってしまっているはずだ。

従魔の契約を結び、魂が繋がっている俺なら誘導できるにちがいない。

俺は小僧にミヅキとともに眠りにつくことを伝え、その間ミヅキを守るように頼んだ。

小僧とベイカーが大きく頷く。

俺はミヅキの体を守り囲むように抱きかかえて眠る。

ミヅキの頭に自分の頭をくっつける。小さい頭だ……

顔を確認すると、先程と同様に静かに寝息を立て、あどけない表情を見せている。ただ寝ているように見えるが……

寝ている顔も可愛いけれど、やっぱりミヅキには笑っていてほしい。

あの明るい笑顔で、ミヅキがつけてくれたこの名前を呼んでくれ。

シルバ、ありがとうとあの小さな手で撫《な》でられたい。

もう一度ミヅキの笑顔に会うために、俺はミヅキの意識の中に入っていった。

九　聖獣

ミヅキとシルバが眠りについて三日経った。

だが、未だに二人とも目覚めない。

俺は、毎日ミヅキのもとを訪れていた。

「コジロー、交代するよ」

ミヅキをずっと見つめるコジローに声をかける。

常に誰かしらがミヅキ達のそばに寄り添い、なにかあれば知らせるようになっていた。コジローは責任を感じてか、ミヅキが眠りについてから毎日そばに寄り添っていた。

「……ベイカーさん……大丈夫です。もう少しオレが見てますから」

コジローは生気のない顔でこちらを見る。頬はげっそりとこけ、目の下には濃いクマができていた。この三日満足に寝ていないのにくわえ、食事も喉《のど》が通らないと言ってあまり食べていないのだ。

目覚めないミヅキのほうがよっぽど血が通った顔をしていた。

「駄目だ、ちゃんと飯を食ってこい」

このままではよくないと思いコジローを外に出そうとする。しかし、コジローはふるふると力なく首を振る。

「食欲がないんです……」

「そんな調子じゃ、なにかあった時にミヅキを守れないぞ。なんでもいいから飯を口に詰め込んでこい」

コジローの腕を掴んで無理やり立たせようとするが、だらんと力なく座ったまま動かない。

「味がしないんですよ……ベイカーさん」

虚《うつ》ろな眼差しで俺を見上げるコジロー。

こいつは前より酷いな……これでは駄目だ。

「分かった、ちょっとミヅキを見てろ」

俺は外に出てくると続けると、コジローがこちらを見ることなくコクッと頷いた。

コジローはミヅキが眠りについたあの日から味覚をなくしていたようだった。

なにを食べても味がしない……誰になにかを言われても心が動かない。

ポッカリと心に穴が空いてしまった。そんな感じがした。


買いものをして戻ってくると、出ていった時とまったく同じ姿勢でコジローが座っていた。

あいつ……息してるのか？

「コジロー、これを見ろ！」

俺はソーセージ屋のおやじに急いで作ってもらったホットドッグをコジローに渡す。

「なんですかこれ？　ソーセージ？」

「これはミヅキが作ったんだ。ホットドッグと言うらしい」

コジローは初めて見る料理に戸惑っている。ミヅキが作ったと聞いておもむろに手に取った。

じっとホットドッグを眺めている。

「今のお前の姿を見て、ミヅキはなんて思うかな？　そんな覇気《はき》のないお前の顔を見て、ミヅキがどう感じると思う？」

コジローがようやく俺を見た。俺は言葉を続ける。

「お前のその元気のない声を聞いて、ミヅキは誰を責めると思う？　お前がずっと悲しんでいたことに誰が涙を流すと思うんだ！」

コジローはハッとして俺を見つめる。

俺は怒っていた。自分を大事にしないコジローを……

きっとミヅキはコジローを見て「どうしたの？」って心配する。コジローの顔を見て、こいつと同じように辛そうにする。

コジローの声を聞いて自分のせいだと己を責める。

皆が悲しんでいたのを知って、涙を流す。

ふいにコジローの瞳から、涙が止まることなく流れた。

嗚咽《おえつ》を漏らしながら、ミヅキが作ったホットドッグにかぶりつく。

「美味《うま》い……美味《うま》いなぁ……ベイカーさん、味がします」

コジローの顔に生気が戻ってきた。

やっぱりミヅキは凄いなぁ。

起きたら言ってやりたい。

ミヅキのホットドッグを食べたぞと。お前が寝てる間、ずっと皆で守ってやったぞと。

そして、寝ている顔が可愛かったぞ、とからかってやりたい。

起きた時に、照れて笑ってくれるように。


ホットドッグを食べ終えたコジローが、呼吸を整えてこちらを向く。

「ベイカーさん、すみませんでした。ちょっとここで寝ててもいいですかね？　なんだか凄く眠くて」

そう言って恥ずかしそうに笑う。

「ああ、ちゃんと俺が見とくからゆっくり休め！」

「ありがとうございます」

コジローは微笑み、再度ミヅキを見る。彼女のそばで横になると、おそろいと言われた傷痕《きずあと》にそっと触れて、眠りについた。

コジローの寝息を確認して、俺はホッとため息をついた。穏やかに眠るミヅキを眺める。

「ミヅキ……早く起きてくれないと皆が参っちまうよ……」

返事が返ってこないことは分っている。けれど、俺は更に話しかけた。

「コジローは勿論だが、ソーセージ屋のおやじにリリアンさんやルンバだって、お前の帰りを待ってるんだぞ。ギルマスやセバスさんだって忙しいのに、毎日お前の顔を見にきてくれているんだ。他にも心配してくれている奴らがいっぱいいるんだぞ。勿論……俺もだ」

最後の言葉は、誰にも聞こえないぐらいの、消え入るような声で呟いた。


コジローが眠りについてしばらくして、セバスさんが顔を出した。

ミヅキの顔を覗き込んでから、隣で眠るコジローを見た。

「コジローさん、だいぶ顔色がよくなりましたね」

「ああ、ミヅキのホットドッグを食わせてやったからな」

「なるほど……ベイカーさんも辛い時にすみませんね」

申し訳ないと苦笑される。

「俺は大丈夫だ」

平気そうに笑ってみたが、上手く笑えただろうか……

セバスさんは静かな瞳を俺に向けるだけで、なにも言ってこなかった。

「明日、王都から魔法に詳しい方が来てくれることになりました」

セバスさんがいい子にご褒美《ほうび》とばかりに微笑む。

馬鹿にされてる気もするが、今はその情報のほうが嬉しかった。

「やっと来てくれるのか！」

思わず身を乗り出し、勢いよく椅子を倒して立ち上がる。

その音でコジローが起きてしまった……

「コジロー、起こしてすまなかったな」

俺が謝ると、コジローは「大丈夫です」と頷き立ち上がった。顔色もだいぶよくなっている。

コジローも、セバスさんから王都からの訪問者の件を聞き喜んだ。

「これで、なにかしら分かるかもしれませんね」

コジローが期待を込めて俺を見つめる。

「セバスさんよりも詳しいってことは、凄い魔法士なんだよな？」

「ええ、私が知る中で一番の魔法士だと思いますよ。なんせ私の師匠ですしね」

セバスさんが自信を持って笑う。

セバスさんよりも凄い魔法を使う奴を見たことなどないので、俺は目を丸くする。

「セバスさんの師匠か！　そいつは期待できるな」

ミヅキがどうすれば起きるか、分かるかもしれない……

俺達三人は目を見合わせ、頷き合った。


次の日、俺はセバスさんの師匠が来るのを、コジローと一緒に待っていた。

いつも通りミヅキの寝息が微《かす》かに聞こえる室内に、ガチャと扉が開く音が響いた。扉のほうを見ると、見目麗しい、若いエルフの男が立っていた。

この町では見たことがない男だ……

たまにミヅキが眠っているのを知らずに、治療部屋を冒険者達が訪れることもある。この男もその類かと思い声をかけた。

「ここは今使用中だ」

「私はその後ろの子に用があるんですよ」

追い返そうとすると、エルフの男が妖艶に笑う。

まさか、と男の顔をじっと凝視《ぎょうし》してしまう。

「セバスさんの師匠の魔法士か？」

「はい」

俺の問いに、エルフの男が柔らかく微笑んだ。

しかし、男の見た目は自分と同じくらいか、年下にしか見えない。少し警戒していると、扉からセバスさんが部屋に入ってきた。

「師匠、ご無沙汰しております」

セバスさんはすっと背筋を伸ばし、それから深々とエルフの男に頭を下げた。

男はうん、と嬉しそうに笑い、あのセバスさんの頭を撫《な》でた。

その行為に俺は驚愕した！　隣のコジローも、目を見開き驚いている。

そりゃそうだろう。この町に、セバスさんにそんなことをできる人は一人も居ない。ギルマスでさえできないだろう。

「いい加減、子供扱いはやめていただきたいです」

セバスさんが苦笑している。本気で嫌がっているわけではないようだった。

「セバス老けたねー。いくつになったの？」

エルフの男は嬉しそうに軽い口調で話している。

「もう四十ですよ」

「まだまだ子供だね」

セバスさんが答えると、そう言って笑った。それから、エルフの男は唖然としている俺達を振り返り、ニコニコと笑いながら近づいてくる。

「アルフノーヴァと申します。この通りエルフです」

「あ、ああ、ベイカーだ」

「コジロー……です」

動揺してる俺達に対し、アルフノーヴァさんはじっとコジローを見つめている。

コジローは居心地悪そうに目を逸らす。アルフノーヴァさんはすみませんと言って笑みを深めた。

美しい見た目と妖艶な雰囲気が浮世離れしていて、なにを考えているのか掴めない……不思議な男だった。

「ではさっそく師匠にミヅキさんを見てもらいたいのですが」

「うーん……セバス、師匠はやめてくれない？　もうお前は一人前だろ」

セバスさんが、ミヅキのところにアルフノーヴァさんを連れていこうとする。それを遮るように、困った顔をしているアルフノーヴァさんが言った。

セバスさんが目をしばたたかせた後、小さくため息をつく。

「相変わらずですね。では、アルフノーヴァさんよろしくお願いします」

頭を下げてお願いする。

アルフノーヴァさんは「うーん、まだ硬い」とブツブツ言いながら、ミヅキのそばに寄る。そして、ミヅキと守るように寝ているシルバを眺める。

「凄いなぁ。眠りについてどれくらい？」

振り返って俺に聞いてきた。

「四日目だ」

そう……もう四日も経ってしまった。

アルフノーヴァさんは綺麗に整った顔を曇《くも》らせた。

「まずいな……」

顎に手を当てて考える。

なにがどうまずいのか。俺もコジローも気が気じゃなく、思わず詰め寄ってしまう。

「まだ大丈夫。もう少し遅かったら、本当にまずかったかもしれないけどね」

アルフノーヴァさんは、俺達を安心させるように笑った。

「まずあの卵だけど、あれは鳳凰《ほうおう》だね。どこで手に入れたのか知らないけど、なかなかお目にかかれないものだよ」

鳳凰《ほうおう》と聞いて俺もセバスさんも驚いて、目を瞠《みは》った。

まさかフェンリルと鳳凰《ほうおう》、伝説級の魔獣が二匹もここに会するとは……。しかも鳳凰《ほうおう》にいたっては聖獣だ。

俺はゴクリと唾《つば》を呑み込んだ。それから、眠りにつく前、シルバから聞いた情報を伝える。

「しかしそこのフェンリルが言うには、卵の中の命は、もう死にかけていると……」

「そうなの？」

アルフノーヴァさんは首を傾げた後、卵に近づいてじっと目をこらす。その行動を不思議に思いながら見つめていると、セバスさんが教えてくれた。

「師匠は、魔力の流れを見て感じることができるのです」

「名前……」

こちらを見ずにアルフノーヴァさんがボソッとつっこむ。セバスさんが苦笑した。

「なるほど……この子が鳳凰《ほうおう》の命を繋ぎとめたんだね。多分、この卵が力尽きようとしたのを感じて、回復魔法をかけているのかな？　しかし、感じたことのない回復魔法だ……」

アルフノーヴァさんは初めて感じる魔力に興味を持ったようだ。思案げに呟いた後、ぱっと俺達のほうを振り返り、卵を指差す。

「でも、もう回復してるみたいだよ」

「なら、なんでミヅキ達は起きない！」

ミヅキが卵を助けて、もう回復したならミヅキは起きてもいいはず！

「魔力を注ぐことに集中し過ぎて、かなり意識深く潜《もぐ》ってしまったんだろう」

アルフノーヴァさんが、柳眉を顰《ひそ》め、ミヅキの頭を撫《な》でながら言った。

……意識、深くだと……？

俺は動揺して、思わず大声を出してしまう。

「ならどうやったら戻るんだ!?」

「このフェンリルは、その戻るための道案内に行ったんだと思うよ。だけど帰り道が分からないんだね、なぜかこの子は帰り道が二つある」

ミヅキとフェンリルに手で触れ、アルフノーヴァさんがゆっくりと瞼《まぶた》を閉じる。そして、二人の意識の中を覗こうと、魔力の波長を合わせだした。

「……どうやら、帰り道の選択で迷ってしまっているようだね。どちらにも行くことができるから選べずにいるみたいだ」

ふと目を開けたアルフノーヴァさんが、突然そんなことを言った。

「帰り道が二つ？　それはどういうことだ？　ミヅキはここじゃないどこかに帰る場所があるのか？」

ふと、最初に出会った時、ミヅキが記憶もなく森にいたことを思い出す。

もしかしてもう一つとは、記憶がなくなる前のことか？

「そこまでは分からない。もう一方の道の先になにがあるのかも……」

「どっちに行ってもミヅキが幸せになれるならいい。だがその確証がないなら、こっちに帰ってきて欲しい。絶対幸せにするから！」

申し訳なさそうな表情を浮かべるアルフノーヴァさん。

そんな彼に俺は頭を下げた。コジローも俺の隣に来て、同じように頭を下げる。

「アルフノーヴァさん……どうにかできないのですか？」

「こちらからの干渉はあまりできません。この子の体には負担になってしまう」

セバスさんも頼み込むが、彼はゆっくりを首を横に振った。

諦めきれず、俺は奥歯をギリッと噛みしめた。

「なにかできることはないのか？　ミヅキが選択するまでずっと待つしかないのか？」

すると、アルフノーヴァさんは顔を更に曇《くも》らせて、すまなそうに首を振る。

「もうあまり時間がありません。このまま意識深く潜《もぐ》ってしまっていると帰り道が塞《ふさ》がってしまう。そうすれば、この子はずっと目覚めることはないでしょう」

一番聞きたくなかった答えに皆が愕然とする。

「じゃあ、どうすれば……」

俺は絶望から下を向いてしまった。

「可能性があるとすれば……この鳳凰《ほうおう》だね」

アルフノーヴァさんがちらりと卵を見た。

「この鳳凰《ほうおう》は今、この子と繋がっている。こちらの声を届けて導いてくれれば……ただ……」

途中で言葉を区切り、言い淀《よど》む。

「ただ、なんだっ？」

「鳳凰《ほうおう》が人に手を貸すことはほとんどない。聖獣の中でもプライドの高い鳳凰《ほうおう》は、誰か一人の願いを叶えることはあまりないんだ」

少し見えた希望にすぐさま翳《かげ》りが見える……それでもなにもしないよりマシだ。

俺はやってみて欲しいと頼んだ。

アルフノーヴァさんは、力強く頷いてくれる。

「分かった。やってみよう」

◆

私は鳳凰《ほうおう》の卵のそばに行き、手を当てて魔力を流しながら集中する。

【私はアルフノーヴァ。私の声が聞こえるか？】

意識はあるはずだか、卵からの反応がない。

【お前を助けた者が苦しんでいる。力を貸してくれないか？】

わずかだか反応があった。そこでミヅキの名前を出してみる。

【お前を助けた者はミヅキという。今、意識が戻らずにいる。お願いだ、力を貸してくれ。ミヅキを助けたい】

【ミヅキ……？】

――反応が返ってきた！

【そう、ミヅキだ！　知っているのか？】

【知ってる。ボクを助けるって言ってくれた】

【そうか……】

【ボクに諦めるなって言ってくれた。優しく撫《な》でて力をわけてくれた】

【やはり、鳳凰《ほうおう》を助けるためだったんだな】

【それで、ボクはなにをすればいいの？】

【なんと！　力を貸してくれるのか？】

私は驚いた。こんなにあっさりと鳳凰《ほうおう》が願いを聞いてくれるとは思ってもみなかった。

しかし、なにかしら見返りを求められるのかもしれない。思い切って聞いてみる。

【願いの対価になにを渡せばいい？　腕か？　足か？　瞳か？　それとも……命か？】

過ぎる願いには必ず代償がある……タダで叶う願いなどないのだ。

これまで、それを分かっていないやつらが安易に鳳凰《ほうおう》に願いをして、命を落としていった。

【ボクはミヅキに会いたい。そのためにはなんだってするよ。だからなにもいらない】

【対価は不要だと……？】

鳳凰《ほうおう》の答えに驚きを隠せない。ここ最近で一番の驚きだった。

この寝ている幼子《おさなご》――ミヅキに会うことが、鳳凰《ほうおう》にとっては対価となるようだった。

セバスを魅力したこの子に興味があってここまで来たが……この子は聖獣までを魅了するのか。

【ミヅキは今、深い意識の帰り道で迷ってしまっている。こちらの声を届けて、導いてやって欲

しい】
【分かった、声は届けるよ。でも、選ぶのはミヅキだ、ボクはミヅキが選んだほうについて行く】
【ああ、それでいい……お願いする】
私が言うと、鳳凰《ほうおう》の反応がプツッと途切れた。

「――どうやら、声は届けてもらえるようだ」

私の言葉に皆がホッと息をはいた。

「ただ、声は届けるが、どの道を選ぶかはミヅキさんに任せるそうだよ」

「それは……」

コジローがショックで言葉を失った。ミヅキが選んだ道によっては、こちらにはもう戻って来ないのだ。その反応も仕方がないだろう。

「でもそれでいい！　きっと選んだほうにミヅキの幸せがあるはずだ！」

ベイカーが皆の顔を見回しながら、叫ぶ。そして、私に真剣な目を向けた。

「だから、俺達の声を届けてくれ」

十　帰り道

私は今、道に迷って途方に暮れていた。

可愛い鳥に目を奪われて、その鳥を追いかけているうちに道に迷ったのだ。愛犬の銀が迎えに来てくれたが、一緒に帰り道が分からなくなってしまっていた。

「銀、どうしよう……」

私、どっちから来たんだっけ？

隣に立つ銀に話しかけるが、銀は動かない。まるで私の行きたいほうに行けと言われているようだった。

私は目の前の二本の分かれ道を見つめる……

どっちにも凄く大切なものがある気がした。どっちにも行ってみたい。

私は選べずに道に立ち尽くしていた。

「銀はどっちに行っても着いてきてくれる？」

そう聞くと、銀は尻尾をパタパタ振った。よしよしと頭を撫《な》でてやる。

それから、今日こそ決めようと道に向き合った。

左の道からは懐かしい匂いがした。

誰かがご飯を作って待っている？　これって私の好きなお味噌汁の匂いかな？　具材はなんだろう。

ふらふらっと匂いにつられて向かおうとする。その時、銀が「わん！」と吠えた。

本当にあっちでいいのか？　そう言われた気がした。

そうして右の道を見ていると、道の奥から可愛い赤い小鳥が飛んできた。

パタパタと飛んできて肩にとまる。

そおっと頭を撫《な》でるが逃げない。

頬にスリスリと体をくっつけたと思うとパタパタと飛んでいき、銀の頭の上にとまった。

そうして右の道に向かって鳴いた。すると聞いたことがあるような声が響いた。

【帰って来ないと暴れる人達がいますよ】

なんだろ、背中がゾクッとするけど落ち着く声だな。

【お前に教えたいことが沢山ある。オレの秘密も聞いて欲しい】

秘密ってなんだろ、凄く気になる。

【お前が幸せならそれでいい、だが嫌になるまでずっとここにいていいんだ】

どこかで聞いたことがある気がする台詞《せりふ》だ。いや、言われたことがある？

その時、ふいに頬に濡れた感触がした。顔を触ると目から涙が流れている。

ああ……私、こっちにも大切なものができたんだ。

左の道を見ると誰かが寄り添い立っている。

ずっとずっと遠くにいて顔はよく見えない。

またねって声がする。

もう少し楽しんでおいでって手を振られる。

なぜだか分からないけど涙が止まらない。

私は左の道に手を振って、またねと返した。無性にそうしたくなった。

そして、銀を連れて右の道へ進んだ。

◆

温かいぬくもりを肌に感じて頬を擦《す》り寄せる。

ポカポカして、とてもいい気持ちだった。

まだそのぬくもりを感じていたくて再び眠りにつこうとすると、ペロペロと顔を舐《な》められる。

うーん……シルバまだ眠いよ。

手を伸ばすと、シルバの柔らかい毛並みに触れる。抱きしめてシルバは暖かいなぁ～、と思っていると……

「ミヅキ……？」

「ミヅキ！」

「ミヅキさん！」

私を呼ぶ声がする。

うーん、この声はベイカーさんとコジローさんとセバスさんかな？　三人揃ってなんだろう？

しょうがなく眠い目をこすりながら起き上がった。

「おはよぉごじゃいます……」

眠くて、欠伸《あくび》をしながら答える。

「ミヅキー！」

いきなりベイカーさんが私を抱き上げた。

突然のことにびっくりして一気に目が覚める！　大きな目を真ん丸に広げてベイカーさんを見ると、あのベイカーさんが滂沱《ぼうだ》の涙を流していた。

えっ？　ベイカーさん、なんで泣いてるの？

心配になり、ベイカーさんの頬を両手で挟む。

「ベイカーさん！　どうしたの？　どっかいたいの？」

ひっきりなしに流れる涙を止めようと懸命に拭うが、涙は止まることなく流れ続ける。そのうち、泣いているベイカーさんを見て私も哀しくなって、涙が溢れ出た。

「やだー！　ベイカーさん！　なかないでー！」

大声で泣き叫ぶと、ベイカーさんの頭から「ゴン！」と凄い音が鳴り響く。そして、ひょいと誰かに抱きかかえられた。

「よしよし、ミヅキさん大丈夫ですよ。ベイカーさんは嬉しくて泣いているんです。だから大丈夫、大丈夫ですよ」

背中を優しく撫《な》でられながら、セバスさんの優しい声が耳元で聞こえる。

ヒックヒックとしゃくりあげながら、私はセバスさんの胸に顔を埋める。その間も、セバスさんは優しく落ち着かせるように私の背を撫《な》でながら「よかった、よかった」と囁いていた。

少し落ち着き顔を上げると、セバスさんが「大丈夫ですか？」と顔を覗く。

「はい……」

小さい声で返事をするとセバスさんのホッと頬を緩めた。

そして、そのすぐ後ろでは、ベイカーさんが頭を押さえて蹲《うずくま》っていた。

びっくりして駆け寄ろうと、身じろぐ。しかし、セバスさんは私を離してくれない。

「大丈夫。ちょっと頭を叩いただけですから、まったくベイカーさんは大袈裟《おおげさ》なんですよ」

そう呆れながら、ベイカーさんを冷たく見下ろしている。

でも、なんかすっごく痛がってるけど……？

やっぱり心配で、セバスさんに降ろしてくれるようお願いする。セバスさんがなにかと葛藤《かっとう》するような表情を浮かべた後、仕方ないといったふうに手を離してくれた。

急いで、まだ蹲《うずくま》っているベイカーさんに駆け寄り、その顔を覗き込む。

「ベイカーさん？　だいじょうぶ？」

「ああ」

痛そうにしながらも、顔は笑ってる。よかったもう泣いてない。

押さえている頭にそっと手を当てると、ボコッと大きく盛り上がっていた！　これは……痛かったたろう。

優しく、痛いの痛いの飛んで行けー！　と心の中で唱えながら撫《な》でてやる。

「ああ、もう大丈夫だ。ミヅキが触ってくれたからな」

ベイカーさんは、ありがとうと頭を撫《な》で返してくれた。

やっぱりこの大きな手は安心するなぁ……なぜか久しぶりに感じるぬくもりに、思わずにこにこしてしまう。

「ミヅキ……」

名前を呼ばれて振り返ると、コジローさんが笑っていた。

「ミヅキ……おかえり」

おかえりって……どこか行ってたっけ？　でも、なんだか久しぶりな気がする。

「ただいまです」

無意識にそう答えてしまった。

コジローさんは、抱っこしていいかと恐る恐る尋ねてくる。むしろ抱っこしてとばかりに、私は両腕を広げた。

すると、彼は嬉しそうに近づいて、私の体をひょいと抱き上げた。なんだか前よりやつれて見えるが、顔には晴れやかに笑みが広がっている。

「コジローさん、なんかつかれてますか？」

やはり気になって聞いてみると、ピクッと彼の体が反応した。

「ちょっと大変なことがあってな。でも、もう終わったから大丈夫だ」

大変なことってゴブリンのことかな……？

「むりしちゃダメよー」

「ああ、そうだな」

心配しながら言うと、コジローさんは嬉しそうに、でも泣きそうな顔で笑った。

あれ？　これ、本当に大丈夫か？

コジローさんの様子に不安になり、その顔を見つめる。コジローさんはニコッとやはり嬉しそうにしていた。

……気のせいかな？

◆

鳳凰《ほうおう》に俺達の声を伝えてもらってから、ずっとミヅキの目覚めを待っていた。

その間、誰も声を発しない。

どれくらい時間が経っただろうか……数時間だったか、もしかしたらほんの数分だったのかもしれない。

セバスさんもコジローも、祈るようにじっとミヅキ達を見ていた。もちろん俺も……

もしかして違う道を選んでしまったのだろうか……それならミヅキはもう目覚めることはないということだ。

一度はミヅキが選んだ道ならと納得しようと思ったが、やはり耐えられそうにない。

セバスさんやコジローを見る。その顔はミヅキが帰ってくると信じているようだった。

その時、ふとシルバが動いた気がした。皆ハッとなる。

じっとシルバに集中していると、ゆっくりとその瞼《まぶた》が上がった！

「シルバ……」

「シルバさん！」

俺が声をかけるとコジローも叫んだ。

シルバは俺達の声に反応せずに、ミヅキを体に抱き込んだ。すると、ミヅキの体が軽く動いた気がした。

シルバがペロペロとミヅキを舐《な》めると、ミヅキの手が微《かす》かに動いた。やめてよ、とでも言うように……

頼むから、目を開けてくれ。そして声を聞かせてほしい。

しかし、また動かなくなる。

たまらず俺は声をかけた。

「ミヅキ……？」

コジローもセバスさんも声をかけると、もぞもぞとミヅキが起き上がる。まるで普通にお昼寝から起きるように目をこすりながら、眠そうにおはようと挨拶《あいさつ》をした。

ずっと……ずっと待っていた声だ！　俺は思わずミヅキの名を叫びながら駆け寄り、抱き上げた。

ミヅキは驚いて、眠そうにしていた目を真ん丸に広げる。

ああ、ミヅキだ。目を開けている。

俺は無意識に涙を流していた。

冒険者になってから、涙など流したことなんてなかった。

だが、そんなことはどうでもよかった。ミヅキが目を開けている。ベイカーさんと俺を呼んでいる！　ミヅキが起きたんだ！

こっちに戻ることを選んでくれた。それが嬉しくてしょうがなかった。

もう一方の道のほうが幸せだったら、ミヅキのためならと納得したはずだった。でも、本心はそうじゃなかった。

俺は全然納得なんてしてなかったんだ。

だから涙が止まらない。嬉しくてたまらない。

そんな俺の涙をミヅキが一生懸命拭ってくれている……小さく柔らかい手が温かい。拭っても拭っても出てくる涙に、ミヅキの顔が曇《くも》り出した。

嫌だ、泣かないでと叫び、自分が泣き出す。

すると、突然頭に衝撃が走り、腕の中にいたミヅキを誰かに取り上げられてしまった。

あまりの激痛に思わず床に膝《ひざ》をつき、蹲《うずくま》る。まるで巨大な岩が落ちてきたような衝撃だ。

どうやら、セバスさんに拳骨《げんこつ》を食らったようだ。気を失いそうなくらい痛い。

その間にセバスさんはミヅキを抱き上げ、慰《なぐさ》めている。

大丈夫ですよと優しく声をかけて愛《め》でていた。泣いているミヅキを心配そうに見つめながらも、顔は見たこともないくらい嬉しそうだった。

ミヅキは泣き止むと、俺が蹲《うずくま》っているのに気付き、セバスさんの腕の中から降りようとする。

しかし、彼は離す気がさらさらないようだ。

「大丈夫。ちょっと頭を叩いただけですから、まったくベイカーさんは大袈裟《おおげさ》なんですよ」

セバスさんが笑って言う。俺を見下げる瞳はかなり冷たい。

ちょっと頭を叩いただけだと!? B級の魔物なら一発でアウトだ! 大袈裟《おおげさ》なわけあるか!

殴られた場所を押さえていると、ミヅキが心配そうにそばに来た。

可愛い眉を八の字にして、俺の顔を覗き込んでいる。

俺はまた涙が出そうになるのをぐっと堪《こら》えて無理やり笑った。そうすると、ミヅキはほっとしたように笑顔を見せてくれた。

セバスさんに叩かれたところを優しく撫《な》でてくれる。不思議なことに痛みが引いていった。

もう大丈夫だと頭を撫《な》でてやると、一番見たかった笑顔を見せてくれる。

ああ、何度も撫《な》でたミヅキの小さい頭だ……またこうして撫《な》でられるとは。

喜びが込み上げ、胸がいっぱいになる。

当たり前のことが、本当に幸せだった。

今度は、コジローがおずおずとミヅキに声をかけた。俺は立ち上がりセバスさんの隣に立つ。

「まったく、さっそくミヅキさんを泣かせるなんて、なにをしているんですか」

セバスさんが呆れ顔で俺に注意する。

「面目ない……」

「まぁ、気持ちは分かりますからアレで許します」

「すげぇ痛かったぞ！」

「ミヅキさんの涙に比べたら、なんてことはないでしょう？」

「……」

俺はなにも言い返せなかった。

悔し紛れにキッとセバスさんを睨んだ後、二人でコジローに目を向ける。あいつはやはり泣きそうな顔で笑っていた。

抱いていいかと恐る恐る聞くコジローに、ミヅキが抱っこして欲しそうに両手を差し出す。

コジローは、壊れものを扱うようにそっとミヅキを抱き上げた。ミヅキがコジローの顔が少しやつれていることに気が付き、心配している。

コジローは心配されたことが嬉しいのか、情けないのか、複雑そうな顔で笑っていた……

とはいえ、皆やっと心から笑うことができた。

コジローがミヅキを下ろし俺のもとに向かってくる。

「ベイカーさん、すみませんでした。辛いのはオレだけじゃないのに気を使ってもらっていて……

あの時、ベイカーさんに声をかけてもらえなかったら、きっとミヅキを泣かせていたと思います」

「それは、ミヅキを泣かせた俺への当てつけか？」

すまなそうに謝るコジロー。

うらめしげに返事をする俺の隣では、セバスさんが可笑しそうに顔を逸らして笑っている。

「い、いえ！　そんなつもりじゃ！」

慌てるコジローに苦笑しながら、

「冗談だよ。よかったな、帰ってきてくれて」

コジローの肩を叩くと嬉しそうに破顔《はがん》する。

俺達は笑い合った。やっとミヅキが帰ってきたのだと。

◆

「ところでミヅキ、ちょっと背がでかくなってないか？」

コジローさんに下ろされた後、ベイカーさんが私に聞いてきた。

えっ？　そうかな……

自分の体を見てみるがよく分からない。

「確かに少し背が伸びているようです」

セバスさんがそばに来て、私の体を確認する。

「喋《しゃべ》り方も幼さがなくなったように感じます。残念ですが……」

そう言われてようやく気が付いた。確かに前より喋《しゃべ》りやすい気がする！

でもなんでだろう……？

わけが分からずに首を傾げていると、頭上から聞いたことのない声がした。

「よかったねぇ」

目の前にいる皆の隙間から、ひょいと覗き込んで声のしたほうを見る。凄く綺麗な男の人がこちらを見てニコッと笑っていた。

超美形エルフが来たー！

「はじめまして、ミヅキさん。アルフノーヴァと申します」

超美形エルフのアルフノーヴァさんが名乗る。

「アルフノーヴァさん？」

会った記憶はないが、向こうは私の名前を知っているようだった。

「アルフでいいよ。無駄に長いのでね」

微笑みながらそう言うアルフさん。笑った顔が綺麗すぎる。

「アルフさん、はじめまして。ミヅキともうします」

ペコッと頭を下げる。すると、近くに寄ってきたベイカーさんが口を開いた。

「アルフノーヴァさんはセバスさんの師匠なんだ」

「おししょうさま？」

セバスさんを振り返ると、笑いながら頷く。

でも、歳が違くない？　アルフさんのほうが若く見えるけど……

「私達エルフは、成長期を過ぎると見た目が変わらなくなるんだ。こう見えて三百歳は超えてるよ」

私の考えてることが分かったのか、アルフさんはにっこりと笑って教えてくれた。

確かに物語のエルフって、長命で美形なのが定番だったな。

実際見ると、想像以上に凄い綺麗！

「すごいねー！」

「ミヅキを助けるために来てくれたんだぞ」

思わず本音が漏れ感心していると、ベイカーさんがそう言った。

助けるとは、いったいどういうことだろう？

なにかしたかなと首を傾げる。

そういえば私、なんで寝てたんだっけ？

記憶を呼び起こす。

「――あっ！」

寝ていた場所を振り返ると、シルバが赤い卵を守ってくれていた。

「シルバー！」

私はシルバに駆け寄り抱きついた！

【シルバ、卵を見ててくれたんだね！　ありがとうー】

【ああ、ミヅキ……】

シルバをギューッと力一杯抱きしめる。

すると、シルバもギュッと顔を押しつけてきた。

【どうしたのシルバ？　今日は甘えん坊だね】

いつもと様子の違うシルバに笑いながら言う。

【ミヅキ……】

【なぁに、シルバ？】

【いや、なんでもない。もっと顔を見せろ】

ペロッと顔を舐《な》められる。

【ふふふ、くすぐったーい。やめてよシルバ】

いつもより甘えてくるシルバが可愛くて、ついイチャイチャしてしまった。シルバの気が済むまで舐《な》められた後、見ててくれた卵を持ち上げる。抱きしめると、ほのかに温かい。

私はほっと胸を撫《な》でおろした。

「ミヅキ、お前どこまで覚えてる？」

ベイカーさんがそばに来て、卵を撫《な》でる私に尋ねる。

「どこまで？」

どこまでとはどういうことだろう。とりあえず一番最後の記憶を思い出す。

「えーと、ゴブリンたおした！」

「おう、そうだな」とベイカーさんが頷き、先を促す。

「たまごみつけて、キズついちゃって。そしたらねむくなって……でも、ねてたらたまごがうまれてこられないって……」

それでどうしたんだっけ？　あれ、記憶がそこで終わってる……？

「その後、ミヅキはずっと眠っちまったんだ」

ベイカーさんがその時のことを思い出したのか、顔を顰《しか》める。

「ねてた？」

「ああ、四日もな」

「四日!?」

そんなに寝てたの？　でも体はなんともない。

そんなに寝ていたとはとても信じられなかった。

【ミヅキは卵に魔力を流して回復魔法をかけていた。それに集中するために意識を深く潜《もぐ》ってしまったんだ】

【えっ！　全然覚えてないや。確か卵がもう生まれられないって言ってて、諦められなくて魔力を流したような気がする。でも、その後は……】

覚えていない……なにかすごく懐かしい夢を見た気がした。

とってもいい夢を見たようなそんな気が……

【ミヅキが帰ってこられないと思って、俺は後を追ったんだ】

後を追う？　そんなことができるんだ……

【ごめんね、きっと心配かけたよね】

チラッとシルバを窺《うかが》うように見る。シルバはふうっと大きくため息をついた。

【……ああ、でももう諦めた。そんなミヅキが俺は好きだからな。だからって無理していいってもんじゃないからな！】

【うん。私は絶対死ぬ気はないよ！　もう一回貰ったチャンスだし、楽しまないとね！】

そうだ、私はこの世界で楽しまないといけない！　今、無性にそう感じる。

すると、シルバが急に私の顔を舐《な》め始めた。

【どうしたの？】

【泣いてるのかと思った……】

【えっ？　泣いてないよ】

シルバを優しく撫《な》でる。寂《さび》しい気持ちを紛らわすように……

「それでミヅキ、その後は覚えてないのか？」

コジローさんが私とシルバの会話を皆に伝えてくれたあと、ベイカーさんが聞いてくる。

「うん、たまごをだいてからおぼえてない……」

私は意識の深い底からどうやって戻ってきたのだろう。

シルバも私を見つけた後からの記憶があまりないようだ。でも、ずっと一緒に居てくれた気がする。

シルバは寂《さび》しい時とか悲しい時にいつもそばに寄り添ってくれるから。

……あれ？　それって本当にシルバだっけ？

「ミヅキとシルバが眠りについて、四日目にアルフノーヴァさんが来てくれたんだ」

アルフさんを見るとその通りだというように頷く。

「ミヅキさんは鳳凰《ほうおう》に回復魔法をかけるまではよかったけど、その後に帰り道が分からなくなってしまったようなんだ。そして、卵と繋がっていたことでミヅキさん自身も一緒に成長してしまったんだと思う」

アルフさんは私が抱いている卵を見つめる。

「ほうおう？」

「うん、その卵は聖獣の鳳凰《ほうおう》の卵だよ」

肩書きからして凄そうな卵だ。

鳳凰《ほうおう》って中国の吉鳥だっけ？　あれ？　日本のお寺とかでもモチーフであったような……？

それに、一緒に成長？　そんなことあるのか？

うーんと考えてみるが、分からないことだらけだ。

「その子が、ミヅキさんが帰り道に迷っているのを助けて、導いてくれたんだ」

アルフさんが卵を指差しながら言う。

どうやらこの子が私を助けてくれたようだ。

「そうなんだ。ありがと……」

よしよしと優しく卵を撫《な》でる。

私を助けてくれたんだね。ありがとう。これで生まれてこられるかな？

愛おしさが胸の奥から湧き出て、私は優しく卵を抱きしめた。

――ピシッ。

その時、卵が割れるような音がする。

――ピシッ、ピシッ。

小さいヒビがドンドン広がっていく！

「どうしよう！　われちゃう！」

「うん、条件が整ったから生まれてくるんだね」

私はアルフさんに助けを求めて卵を見せる。

しかし、のんびりとなんでもないことのように言われてしまう。

どぉしよう！　このまま持っていていいのかな？　こういう時は置いたほうがいいの？

一人で卵を持ちながら右往左往していると、殻を破るくちばしが見えた。

「っ！」

私はピタッと動くのを止めて、じっと卵を見つめた。

くちばしで殻を一生懸命に叩いて割って、顔の半分が見えてきた。

か、可愛いいいいいいぃぃ～！

私は卵から出てくる雛《ひな》に集中した。

中の雛《ひな》は外に出ようと必死に体を動かしている。

頑張れ、頑張れ！

応援していると、雛《ひな》は中でバッと羽を広げた。すると、急に卵の殻が燃えた。

周りがびっくりして私から卵を取り上げようとする。それをアルフさんが手で制止した。

「大丈夫」

皆に向かって穏やかに笑う。ベイカーさん達は、アルフさんの言葉を信じて立ち止まった。

「しかし、燃えているぞ？　ミヅキは本当に大丈夫なんだろうな！」

ベイカーさんが困惑した表情を浮かべながら言う。

「あつくなーい」

私は皆に向かって声をかける。本当に熱くない、むしろ温かいくらいだった。

「「えっ！」」

皆、一様に驚く。殻は燃え尽き、灰になって消えていった。

「きれーだね」

炎の中からは赤い羽の小鳥が生まれた。

赤い羽毛の間からキラキラ光るものが見える。

くちばしが可愛い黄色で、クリクリの黒い瞳がじっと私を見つめていた。

「うまれてくれて、ありがとう」

そう言って私は小鳥に笑いかけた。

「ほんとうにきれーだねー」

私の手の上にちょこんと乗っている可愛い小鳥を、そっと撫《な》でる。

小鳥は逃げることなく、気持ちよさそうに目を細めて私に撫《な》でられていた。

「おい！　生まれちまったぞ。どうすりゃいいんだ」

ベイカーさんがアルフさんに聞いている。

確かに、これからどうすれば……

私もベイカーさんと一緒にアルフさんを見つめる。

「鳳凰《ほうおう》は生まれると、自分の住むべき土地を探して、その土地を守るためその場に留まり続けると聞く。そのうちに旅立つと思うけど……」

アルフさんが小鳥を見ながら言葉を詰まらせる。そんな彼の反応にセバスさんが驚いている。

「アルフノーヴァさんが言葉に詰まるなんて珍しいですね」

三百年生きているらしいから、きっと知識が豊富なのだろう……そんなアルフさんでさえ鳳凰《ほうおう》のことはあまり詳しくないようだ。

「いや、人の手から生まれたという前例は聞いたことがないから、どうなるかはちょっと分からないね」

そう言ってアルフさんが小鳥に手を伸ばそうとする。

しかし、小鳥はその手を避けて羽ばたき、私の肩にとまった。

小鳥といっても私の頭半分くらいあるがまったく重さを感じない。

「わあっ！」

小鳥が私の頬に体を擦《す》り寄せてきた！　あまりのふわふわな感触に思わず声が漏れる。

「かなりミヅキさんを気に入っているようだね」

アルフさんが手を引っ込めて苦笑する。

本当に、私のことを気に入ってくれているのかな？

もしかしたら生まれて最初に見たのが私だったから、刷り込みで親と勘違いしてしまったのかもしれない。

私は小鳥に手を伸ばして、乗りやすいように両手を差し出す。小鳥は私の考えが分かったのか、ちゃんと手に移動してくれた。

そして小鳥と向かい合い、話しかけてみた。

「ことりちゃん、せっかくうまれることができたから、すきなところにいっていいんだよ。キミはじゆうなんだよ！」

ようやく生まれることができたこの子には、好きなことをして欲しい。

籠《かご》の鳥ではなく自由にどこにでも行ける翼があるのだから！

思うがままに生きて欲しかった。

私は小鳥を外に放つため、外に向かい両腕を高く上げた。すると、小鳥は羽をはためかせ、パタパタと空に飛び立つ。

羽を広げると美しい赤と金の羽が太陽に反射して煌《きら》めいた。その美しさに私はすっと目を細める。

小鳥はそのまま私達の頭の上を飛び回り……なぜか私の頭の上に戻ってきた。

「ありぇ？」

私は頭に手を伸ばした。そこにはしっかりと座っている鳳凰《ほうおう》の小鳥がいる。

「なんでだぁー!!」

思わず叫ぶ。

「アハハ！　なんだそりゃ！」

ベイカーさんに爆笑される。セバスさんやコジローさんも顔を隠しながら震えていた……

アルフノーヴァさんも笑いを隠しきれずにいる。

恥ずかしさのあまり真っ赤になっているだろう顔を俯《うつむ》けて震えていると、シルバが近づいてきた。

ペロッと私の頬を舐《な》めて、話しかけてきた。

【そいつはミヅキのそばにいたいみたいだぞ】

【えっ、そうなの？　でも……せっかく翼があるのに人に飼われていいのかな？】

小鳥を頭から下ろして、両手に包み込むように抱く。

小鳥はコテンと首を傾げて私を見上げている。その姿があまりに可愛らしくて悶《もだ》える。

可愛い～!!　思わず頬をすりすりしてしまう。

ふわふわで気持ちいい。いつまでもこうしてられる。ずっと触っていたいくらいだ！

――カチッ。

その時、心の奥で音が鳴った。

「あっ……」

……この感じ、シルバと従魔の契約を交わした時と似ている。

そう思ってシルバを見るとコクンと頷いている。

「えー！　けいやくしちゃった？」

【うん！　ミヅキとずっと一緒だ！】

驚いて、今度は小鳥を見る。小鳥が羽を揺らしながら元気よく返事をした。

私の声にベイカーさん達が反応して、周囲にわらわらと集まってくる。

「あれ？　契約したの？　従魔として？」

アルフさんが目を丸くして私に尋ねた。

【シルバそうだよね？　シルバの時と同じ感じがしたよ】

【ああ、契約したな。ミヅキ、コイツに好意を寄せただろう】

【うっ。確かに可愛くって……】

【向こうがそれを待っていたようだな】

小鳥は「いいでしょ？　いいでしょ？」と言わんばかりに、期待を込めた目をクリクリ向けている。

【小鳥ちゃん、本当にいいの？　鳳凰《ほうおう》は皆を守護するんじゃないの？】

【守るべき時には動くけど、今はまだ力もそんなにないし、ミヅキといたい……駄目？】

悲しそうに首を傾げて聞いてくる。私は慌ててブンブンと首を横に振った。

しかしなんかこの光景前も見たような……なんかデジャブ？

チラッとシルバを見るが、知らん顔をしている。そんな顔も可愛いけど……

どうしてこのこ達はこんなにもあざといのか！

こんな可愛い顔でねだられては断れるわけがない。

【小鳥ちゃんがいいなら私も一緒にいたいよ、嬉しい！　よろしくね。でも無理はしなくていいんだよ。自分のすべきことがあるなら、それを優先していいんだからね。もちろんそれはシルバもだよ】

小鳥とシルバを交互に見遣る。

【ミヅキ以上に優先すべきことなどない】

久しぶりのイケメンフェンリルの発言に胸がキュンとして、思わずシルバに抱きつく。感謝を込めてシルバの顔にぐりぐりと自分の顔を擦《す》り寄せた。

【ボクもミヅキといたい……あと……名前が欲しい】

【名前？　私がつけていいの？】

【ミヅキにつけて欲しい】

真っ直ぐにこちらを見つめ、頷く小鳥。

その真剣な顔に私は微笑みを返して、小鳥を優しく撫《な》でた。

【分かった……キミの名前は……シンク……その光輝《かがや》く綺麗な真紅色の羽がとても素敵だから。シ

ルバと同じように色由来の名前で、シンクってどうかな？】

【ボクはシンク！　シンク！　ミヅキにもらった名前！】

すると、小鳥は嬉しそうにパタパタと飛び上がり、元気に頭の上を飛び回った。

どうやら喜んでくれているみたい、よかった。

「シンク！　おいで」

ずっと嬉しそうに飛び回っているシンクに声をかける。シンクは大人しく私の肩にとまった。

「鳳凰《ほうおう》を従魔にしてしまうなんて、凄いね」

アルフさんが私達を見ながら苦笑する。

「あんまりちからがないんだって。おしごとができるようになったら、いくんだとおもいます」

だから、大丈夫だよね……？

アルフさんにお願いするように見上げる。

「うーん。鳳凰《ほうおう》といっても、まだ力が完全ではないのかもしれないね。それならこの子が鳳凰《ほうおう》というのは内緒にしておいたほうがいいだろう。鳳凰《ほうおう》だと広く知られると、よからぬ者に狙われる危険もあるからね」

「シンクねらわれちゃうの？」

狙われる、と聞いて思わずシンクを隠す。

どうしよう！　そんなに貴重な子だったの？

シンクは確かに可愛らしい。しかも綺麗だし、とってもいい子だ！

狙われる理由もよく分かる……そう一人で納得していると、従魔の印をつけていれば大丈夫。鳳凰《ほうおう》を

「まぁ、パッと見は普通の綺麗な小鳥にしか見えないし、従魔の印をつけていれば大丈夫。鳳凰《ほうおう》を知っている者も、今はそうそういないしね」

アルフさんが安心させるように頭を撫《な》でてくれた。私はホッと胸を撫《な》でおろす。

よし、シンクが狙われないように気を付けないと！

「わかりました。ないしょにします」

「それにしても、シルバに続き、聖獣の従魔とはミヅキは凄いなぁ」

ベイカーさんがシルバとシンクを見ながら呆れている。

それは私が凄いのか？

いささか疑問に思い首を傾げた。しかしベイカーさんの言葉に皆もうんうんと頷いている。

あれー？　私、普通に楽しく生活できればいいんだけどな？

なにやら理想とはかけ離れた方向に進んでいる気がしないでもなかった。

◆

ボクが最初に感じたのは温かいぬくもり。

早く出ておいで、大きくなってという思いが殻越しに伝わってくる。そんな温かさだった。

ずっとこのぬくもりが続くと思っていた。

だけど突然、それは消えた……

なにも分からない、さむい、さむい、こわい、こわい。

あまりの寒さに自分の中に閉じこもってしまう。ふと気が付くと、誰かに運ばれているみたいだった。

しかし、その手は汚く冷たく荒々しい。

触ってほしくない！　離してほしい、そう強く願った。

すると手が離れるのを感じ、そして下に落とされた。

下が柔らかかったため、殻が割れずに助かった。だが、今度はなにかに積まれて運ばれているようだった。

嫌な感じがする、そっちに行きたくない。

でも声は届かない。なにもできない。誰も助けてくれない。

そのまま運ばれ凄く嫌なところに放置された。

……もういやだ。誰も、ボクに触るな！

ボクはずっとずっと拒絶し続けた。

ボクの中にある力を振り絞って、どうにか拒絶していると、やがて誰も周りに来なくなった……

そうしてどのくらい時間がたったのだろう……もう力が出ない。

どうしよう。

早く出ておいで、大きくなって……

最初に感じた、あのぬくもりの思いに応えたい。

そうだ、ゆっくり少しづつ大きくなろう。残った力を少しずつ使おう。

ボクはゆっくり力を使って少しずつ成長していった。

でも、もう限界だ。ここの空気は汚すぎる。

もう諦めかけていた、その時だった。

微《かす》かにいい匂いがしたんだ。こんな汚いところで感じた希望の匂い。

前に感じたぬくもりに似ている匂い……ボクは力を振り絞って呼んでみた。

ボクはここだよ！　ここだよって！

そうすると匂いがどんどん近くなる。

もしかして、ボクを探しにきてくれたのかな？

だけど近くに来た匂いは、最初に感じた匂いとは少し違うものだったんだ。

ああ、間違えた……ボクは呼ぶのを止めた。

だけどその匂いは近づいてくる。

もうやだ、もう誰もボクに構わないでほしい。ほっといてくれ！

そうやって拒絶した。誰も触るなって拒絶したんだ。

だけどそれはボクを見つけた。痛い熱いっていう感情とともに、ごめんねって、遅くなってごめんねって謝っている。

もう大丈夫だよって、ボクを……守るって……

ボクを包むぬくもりは、最初に感じたぬくもりぐらい温かかった。

でも、もうボクは駄目だった。最後の拒絶で生まれる力を使い果たしてしまっていた。

ボクをここから見つけて、連れ出してくれたこのぬくもりの主に会うことはできないと思った。

生まれることができない。それが凄く悲しかった……

もうボクはなんの力もなくされるがままだった。あの子は、離すことなくずっと抱きしめてくれていた。そのぬくもりが、思いが、泣きたいくらい嬉しかった。

だから、あの子の意識が一番近づいた時に最後のお別れを言いに行ったんだ。

助けてくれてありがとうって……君に会いたかったけどって……

そう言うと、あの子は会えないことを凄く悲しんでくれた。そして、生まれることが嫌になったのかと聞いてくる。

いや、違う、そうじゃない！

君に会いたかった。生まれてみたかった！　頑張ったけど……ダメだった。

でも、あの子は、諦めないで！　私も諦めそうになったけどあなたに会いたくて頑張った！　そう言ってくれたんだ。

凄く嬉しかった。

ありがとう、会えなくてごめんねと謝るが、あの子は諦めてくれない。

自分が力をあげる、きっと助けてみせる！　だから諦めないで。

そう言ってボクに力を分けてくれた。

自分の命など考えないで、意識を手放してボクをまた助けにきてくれた。

あの子のためにもボクはまだ諦めちゃいけない！

そして、最後まで頑張るって誓ったんだ。

助けてくれたあの子のためにも！


おかげで力が戻った。だけど、あの子の意識はうっすらとしか感じられない。

あの子はいつ戻るんだろう……あの子のぬくもりの中で、その時が来るのをずっと待ってた。

あの子の腕の中なら待つのも全然嫌じゃなかった。

すると外から誰かが話しかけてきた……

うるさいので排除したいが今はあの子の腕の中だ、そんなことはできない。

しかし、その声は構わず話しかけてくる。ボクは無視をしていたが、その声が気になることを言い出した。

【お前を助けた者が苦しんでいる。力を貸してくれないか？】

助けた者？　誰だ。

【お前を助けた者はミヅキという。今、意識が戻らずにいる。お願いだ、力を貸してくれ。ミヅキを助けたい】

ミヅキ……？　名前を聞き思わず答えてしまった。

【そう、ミヅキだ！　知っているのか？】

知ってるに決まってる！　ボクを助けるって言ってくれた子だ。

ボクに諦めるなって言ってくれた。優しく撫《な》でて力をわけてくれた。

【そうか……】

そうかあの子はミヅキっていうんだ……

【やはり、鳳凰《ほうおう》を助けるためだったんだな】

それで、ボクはなにをすればいいの？　声の男に聞いてみる。

どうすればミヅキは助かるんだ。

【なんと！　鳳凰《ほうおう》が力を貸してくれるのか？】

男が驚いている。

ボクはミヅキに会いたい。そのためにはなんだってするよ、ミヅキがボクを助けてくれたように。

【ミヅキは今、深い意識の帰り道で迷ってしまっている。こちらの声を届けて、導いてやって欲しい】

なるほど分かった、だからミヅキは帰ってこなかったんだ。ボクは納得した。

声は届けるよ、でも選ぶのはミヅキだ。そしてボクはミヅキが選んだほうについて行く。こいつらの思いはどうでもいい。

【ああ、それでいい……お願いする】

ボクは早速ミヅキがやってくれたように集中して、ミヅキの意識を探る。

さぁ、行くぞ。ミヅキのもとへ……

ミヅキは犬と道の真ん中に立っていた。ボクは思わずミヅキの肩にとまる。

そっと撫《な》でられるのが嬉しくて、頬に頭を擦《す》り寄せる。

さぁ、ミヅキのために声を届けよう。

道に向かい声を出し、男の声をこの場に繋げる。

ミヅキは声を聞くと懐かしがるような、わくわくするような、嬉しそうな顔をしていた。だが、最後の声を聞いた途端ポロッと涙を流した。

自分が泣いていることに気が付かず、立ち尽くしている。

それから寂《さび》しそうに、悲しそうに、そして晴れやかに反対の道に手を振った。

ミヅキはぐっと顔を上げて、来た道を犬を連れ、力強く歩き出す。ボクはその後をついて行った。


ミヅキの意識が戻ると、ボクに声を届けてもらった奴らが涙を流し喜んでいた。

ミヅキは眠っていた間のことをよく覚えてないそうだ。

ボクのことも忘れてしまったのかもしれない……

だとしても、ミヅキを助けられたのだ。後悔はない。

そう思っていたらミヅキがボクに気が付いた。またボクを優しく抱きかかえてくれる。

ボクがミヅキをこちらの世界に導いたことを聞くと、ありがとうと言いながら、生まれて欲しいと願ってくれた。

ボクは生まれていいと言われた。生まれることを望まれた。

そして優しく優しく抱きしめられた。

これで生まれることができる。ミヅキに会える。

ボクは一生懸命に殻を叩いた、ミヅキに会いたい一心で叩いた。

ようやく殻に穴が開きミヅキと目が合った！

想像してた通り、優しそうな顔をしている。

ミヅキはボクに頑張れ、頑張れ！　と声をかける。

それが力となり、ボクは渾身《こんしん》の力を振り絞って羽ばたいた。

すると殻が燃える。でも決してミヅキを傷つける炎ではない。

炎で殻を消し、ミヅキと向かい合った。初めて会うが、ずっと一緒にいたかのように感じる。

ミヅキはボクと目が合うと、

「うまれてくれて、ありがとう」

とびっきりの笑顔を見せてくれた。

この瞬間、ボクはミヅキのために生まれたんだと思ったんだ。

だからミヅキと従魔の契約をしたくて、こっちの思いを繋げるが、ミヅキは気付かない。

ボクに自由に生きろっていう。

ボクの好きにしていいって、自由に好きなところに飛んでっていいって……

だからボクは飛んだんだ。一番行きたかったところに……そう、ミヅキのそばに！

だけどミヅキは分かってくれない。ボクの願いはミヅキのそばだと……

すると隣のフェンリルが伝えてくれた。ボクの思いを。

ミヅキはボクに問いかける。本当にそれでいいのか、と。

もちろん当たり前だ。ボクはミヅキを必死に見つめ返す。

すると思いが繋がった！　契約は成された！

これでミヅキと話せる。ミヅキのそばに居られる。

……ずっと一緒だ！

しかしミヅキの表情が晴れない。どうやらボクが鳳凰《ほうおう》だということが心配なようだ。

確かに自分の住むの土地に生きるものを守りたいと思う。きっと本能だろう。生まれたばかりのボクだがそう感じる。

だけどそれよりも強い思いがボクを包む。

――ミヅキを守りたい！

だからボクの好きにしていいなんて言わなくていいんだ。ボクはもう好きにしてるんだから……

ミヅキのそばにいたいから、ボクは自ら望んでミヅキの従魔になったんだから。

隣のフェンリルはそれをよく分かっている。

そのフェンリルもミヅキに名前を呼んでもらい嬉しそうだ。凄く羨ましい……

ボクにも名前をつけてくれないだろうか……

好きにしていいって言ってたし、お願いしてみよう。

ミヅキに言うと自分がつけていいのかと困惑している。

違う！　ミヅキだからつけてもらいたいんだ！

懸命に伝えると、ミヅキは優しく笑ってボクに名前をつけてくれた。

ボクを愛おしそうに撫《な》でながら名前を呼んだ！

シンクって……

ボクはシンク！　ボクの体の色がシンクだからだって！

ミヅキがつけてくれた名前をかみ締める。

ボクはこうしてミヅキの従魔になったんだ！

◆

シンクは嬉しそうに私の手のひらに乗ると、腕にできた傷に気が付いた。シンクの様子がおかしくなったので呼びかけた。

【どうしたの？　シンク】

【ミヅキ……この傷って】

シンクが手のひらの傷を心配するように擦《す》り寄った。

【ああ、なんてことないよ！　かっこいいでしょ！】

私は笑って得意げに傷を見せる。

シンクはそんな私に、

【無理！】

と叫んで光りだした！

【シ、シンク？　光った！　シルバ！　シンクが光ったよ！】

【なんだ……回復魔法か？】

私は光るシンクをシルバに見せると、シルバは落ち着いてシンクを見つめていた。

徐々に光がおさまると、私の腕の傷痕《きずあと》が消えている！

綺麗さっぱり消えてなにも残っていない。元のまっさらな白い手に戻っていた。

「あー！　わたしのキズがきえちゃったー」

私はガッカリしながら傷がまだ残ってないか確認する。

私の声に皆が集まってきた。ベイカーさんが聞いてくる。

「ミヅキどうした？」

「ベイカーさん、キズが……」

残念そうに手のひらを見せると、ベイカーさんは喜んで私を持ち上げた！

「ミヅキの傷が消えてる！　綺麗な手に戻ってる！」

そう叫ぶと、コジローさんが顔を手でおおった。膝《ひざ》をつき、よかったよかったと呟いている。

皆が喜ぶ中、私一人だけが浮かない顔をしていた……

ベイカーさんが目にうっすら涙を浮かべながら、安心したように頭に手をぽんっと置く。だが、正直あんまり喜べなかった。

ベイカーさんが心配そうな表情を浮かべるので……本当の気持ちを話す。

「わたしのかっこいいキズが……」

残念そうに手のひらをかざす。

その時、後ろから不穏な気配を感じた……そっと振り返ると、セバスさんから黒い空気が漂《ただよ》っている。

皆がサッと退く。セバスさんが私のところまでモーゼのように歩いてくる。

セバスさんが笑いながら私の前に来ると……

「セ、セバスさん？」

ここぞとばかりに可愛い顔をしてみるが効果なし！　だろうね！

「ミヅキさん、傷痕《きずあと》が消えてよかったですね。もう傷を作らないと約束してくれますよね」

かっこいい顔を間近に近づける。

セバスさんに向かって敬礼をして、私は急いで返事をする！

「あい！」

「でもなんで消えたんだ？」

ベイカーさんが話を戻して尋ねたので、シンクが光ったら治ったことを伝える。

「鳳凰《ほうおう》が回復魔法……？」

アルフさんが首を傾げている。

こうなったらシンクに直接聞こう。私はシンクを呼んだ。

【ここにあった傷はシンクが治してくれたの？】

【うん、ミヅキに傷があるのなんて嫌だ！　しかもボクがつけた傷なんて……】

シンクは悲しげな顔で項垂《うなだ》れた。

【シンクのせいじゃないんだよ。さっきも私が怒られてるの見たでしょ。あれは私が悪いんだから、シンクは気にしなくていいのに……それにあの傷、気に入ってたし】

【えっ？】

シンクが私の言葉に驚いて、目を丸くする。

【だって手から腕にかけて稲妻《いなづま》みたいな傷だったんだよ！　あんなかっこいい傷、なかなかつかないよー】

やっぱり今考えてもあの傷は凄かった……

残念そうにしていると、全然反省してないなとシルバがぼそっと呟いた。

【それにコジローさんともおそろいだったし……あっ！　シンク、コジローさんの傷も治せる？】

私はコジローさんのほうを見た。

コジローさんは急に見られて戸惑っている。

【ちょっとなれない力を使ったから、すぐには無理かな。本来は持ってない力だし】

【そっかー残念、ん？　本来はない力って？】

【うーん。多分ミヅキがボクに力を分けてくれたからじゃないかな。ボク、本来は回復魔法使えな

いし！】

えー！　どういうこと⁉

なんかもうキャパオーバー……頭いい人に任せよう。

今度はアルフさんに助けを求める。

「アルフさん、シンクほんとはかいふくできないって。わたしのちからをわけたせいかもっていってる」

アルフさんなら分かるだろうと丸投げし、考えるのを放棄する。彼は腕を組んで少し考える。

「そうだね、鳳凰《ほうおう》が回復魔法を使ったとは聞いたことがないな。たしか、火の魔法が得意だったはず。ミヅキさんがシンクさんを助ける時に力を分けたことで、ミヅキさんの力を使えるようになったと思うのが妥当《だとう》だね」

うん！　聞いてもよく分からなかった！

とりあえずシンクは回復魔法が使えるでいいかな？

私はひとまず考えるのを止め、コジローさんに問いかけた。

「コジローさん、シンクがコジローさんのキズもけせるって。いますぐはちからがなくてむりみたいだけど……」

コジローさんに説明すると、ベイカーさんがよかったなと彼の肩を叩く。しかし、コジローさんは思案顔で黙っている。

どうしたのかと思い顔を覗き込むと、

「ミヅキはオレの傷、好きか？」

急にそんなことを聞かれる。

聞かれるまでもなく、私はコジローさんの傷が大好きだ。

「うん！」

間髪《かんはつ》を容《い》れず、そう答えた。

だが、返事をした後で、コジローさんが気にしている傷を軽々しく好きと言ってしまいしまったと気付き、ハッと口を押さえる。

しかし、コジローさんは私の言葉に嬉しそうに笑っている。

「ならこの傷はこのままでいい。ミヅキが好きと言ってくれたこの傷は、ミヅキとの思い出だ」

そう言うと、私を抱き上げた。

私は近くに見えるコジローさんの傷を撫《な》でる。

「かっこいいですけど、コジローさんがいやならなおしてください」

勲章《くんしょう》のようで素敵だと思うが、コジローさんが本心では嫌なことを無理強いはしたくない……

眉毛を下げてお願いする。

「いや、いいんだ」

コジローさんは自分の傷を触って誇らしそうに笑う。

「ミヅキが好きって言ってくれてから、オレもこの傷が嫌いじゃなくなった」

かっこいいだろ？　と髪をかきあげ傷を見せる。

「だいすきです」

思わず傷にキスをするとコジローさんが固まってしまった。

「ミヅキー！」

すると、急に大声をあげてベイカーさんがコジローさんから私を取り上げる。

「見ろミヅキ！　ここに俺も傷があるんだぞ！　ほらここにも、ここにも、ここにも！」

必死に自分の腕や足を見せる……そういうんじゃないと私は思った。

直後、ベイカーさんはセバスさんに拳骨《げんこつ》を貰っていた……

「ほら、また立派な傷ができましたよ。よかったですね」

セバスさんがベイカーさんのたんこぶを見てにっこりと笑った。


私の傷も無事？　治ったので、セバスさんとアルフさんはギルマスに報告に向かった。

私は回復したばかりでまだ疲れてるだろうからと、また朝に様子を見せにギルドに行くことになり、ベイカーさんに連れられて一度帰ることになった。

「じゃ帰るか」

「うん」

ベイカーさんが手を差し出した。

私はその手を笑顔で握りしめる。

その横にはシルバが寄り添い、肩にはシンクがとまっている。ただそれだけなのにとっても幸せだった。

「帰りにちょっとソーセージ屋のおやじと、リリアンさんとルンバに挨拶《あいさつ》して行こうか？　皆、ミヅキのことを心配してたからな」

ベイカーさんに言われて大きく頷く！

皆に会えるのが嬉しい。ベイカーさんに連れられて市場へ行く。

「おーい！　おっちゃーん」

ソーセージ屋のおっちゃんが見えたので、私は大きく手を振り呼んでみた。すると、屋台《やたい》に並んでる人を押しのけて、ソーセージ屋のおっちゃんが飛び出してきた。

「ひぇ！」

私はおっちゃんの勢いに後ずさりする。

「嬢ちゃん！　大丈夫だったか？　もう平気なのか？　心配したんだぞ！」

こちらになにも言う暇を与えずに、まくし立てるおっちゃん。ベイカーさんがまぁまぁと落ち着かせようとする。すると、おっちゃんは標的をベイカーさんに変えた。

「お前だってあんなに目に見えて落ち込みやがって！　俺はホットドッグを作ってやることしかできなくて……どんなに歯がゆかったか！」

「おちこんだの？」

ベイカーさんが落ち込むところが想像できなくて、怪訝《けげん》に思い二人を見上げる。

「いや、コジローがな、落ち込んじまって……それを慰《なぐさ》めるのが大変だったんだよ！」

おっちゃんとベイカーさんが目を合わせないでコジローさんの話をする。

……なんか誤魔化《ごまか》してる？

「だけどおやじのホットドッグを食べたら一発で元気だよ！　いやぁ、凄いなぁ！」

ベイカーさんがそう褒《ほ》めると、おっちゃんが嬉しそうに照れている。

「そうだ！　嬢ちゃんには味見してもらいたくて、ずっと待ってたんだからな！」

「おっちゃん、いいの？　おきゃくさんかえっちゃうよ」

「いいんだ。今日は嬢ちゃんが起きたお祝いで、貸し切りで食べ放題だ！」

おっちゃんはニカッと笑い、お客さんに事情を説明して帰ってもらった。それからホットドッグを差し出して食えと言う。

出されたのがこれまた美味《おい》しそうで、いい香りが鼻先に漂《ただよ》ってくる。ゴクッと思わず唾《つば》を呑み込んだ。シルバもヨダレを垂らしながら凝視《ぎょうし》している。

どうしよう。食べちゃう？　食べちゃうか！

私はいっただきますとホットドッグを受け取り、思いっきり頬張った。

うまぁ〜！　やっぱりソーセージが美味《おい》しいと、ホットドッグはサイコーだね！

体が小さいから半分でお腹いっぱいになっちゃったけど、その分ベイカーさんとシルバがバクバクと食べている。

シンクには私の残りをあげてみた。人間の食べものを食べられるのか聞いたら問題ないとのこと。

皆で美味《おい》しく食べるのがいいよね！

おっちゃんのホットドッグは文句なしに美味《おい》しかった。下手なアドバイスはいらないと思って、結局私はなにも言わないことにした。

キャベツの酢漬けなんて言っても作れないだろうしね……あーピクルスとか食べたいな……

現におっちゃんの屋台《やたい》は大好評で、毎日売り切れ状態だという。本当に売上の半分はいらないかとまた聞かれたが、やっぱり面倒だし丁重にお断りした。

私はホットドッグを食べられれば満足だ。また来るねと手を振ってお店を後にする。

さて、次はルンバさん達のところだ！

そういえば今更だけど、お店の名前知らない……

「ベイカーさん、ルンバさんのおみせのおなまえって、なんていうんですか？」

「あれ？　言ってないか？　ドラゴン亭って言うんだ」

えー！　なんか安直……なんて言えるはずもなく、曖昧《あいまい》に笑っておいた。

話している間にお店に到着すると、ここもやっぱり混んでいる。

ベイカーさんが近くにいた店員さんに声をかけて裏に回る。

「ミヅキちゃーん」

しばらくして、裏の扉が勢いよく開き大きな胸が目に飛び込んできた。

私は胸に埋もれて殺されそうになる。世の男性の夢だよね……

ベイカーさんが慌てて引き離してくれて、どうにか一命を取り留めた……

「リリアンさん、ルンバさんこんにちわ～」

「こんにちわ〜じゃないわよミヅキちゃん！　どれだけ心配したか！　うちの旦那なんて毎日毎日仕事終わってから祈ってたのよ！」

リリアンさんに暴露されてルンバさんの表情がピシッと固まり、口をパクパクさせながら言い訳を探している。

「ルンバさん、しんぱいかけてごめんね。もうね、だいじょうぶ！」

そんなルンバさんの近くにトコトコと行き、力こぶを作ってみせる。

ルンバさんは、嬉しそうに笑って頭を撫《な》でてくれた。もう前みたいに戸惑いは感じられない。

ドラゴン亭では、私が眠っている間にハンバーグが売れに売れていたようだ。

ハンバーグは特に子供や女の人に人気らしく、客層も変わってきたらしい。もちろん今まで通り冒険者達にも好評だ！

相変わらず煮込み料理も人気とのことで、ハンバーグと煮込みを合体した、煮込みハンバーグを教える。

すると、リリアンさんが真顔で真剣に聞いてくる。

「ミヅキちゃん、うちで働かない？　うちなら危ないことはないし、お料理し放題の食べ放題だし、いつでも抱っこしてあげるわよ」

大きなお胸を揺らしてウインクされる。

ベイカーさんを見ると、彼は少し寂《さび》しそうな顔をしながらそっと囁いた。

「ミヅキの好きなようにしていいぞ……確かに冒険者なんてのは危ない仕事だからな」

「ほんとうに？　リリアンさんのところにいっていいの？」

私はベイカーさんのそばに行き、その手をきゅっと握る。

ここなら生活も安心、危険もない。大きなお胸もあるし、優しいリリアンさんとルンバさんもいる。だけど……

ベイカーさんはなにか言いたそうに口を開くが、結局なにも言わない。

「じゃあ、リリアンさんちのこにしてもらおうかな……」

チラッとベイカーさんを一瞥《いちべつ》する。彼はあからさまにガッカリと肩を落としていた。

その様子に私は思わず噴き出し、ベイカーさんの足に飛びついた！

「ベイカーさんがしんぱいだから、やっぱりベイカーさんのそばにいます！　もうすこしめんどうみてね」

ベイカーさんを見上げて笑いかけると、ベイカーさんは嬉しそうに顔を綻《ほころ》ばせる。

「おう！　いつまでもいていいぞ、ミヅキが嫌になるまでずっと面倒見てやる」

私をガッチリと抱き上げた。ベイカーさんの温かいぬくもりと優しい笑顔に、じんっと目頭が熱くなる。

私はベイカーさんの首元に顔を埋め、頬を擦り寄せた。決してベイカーさんに涙を見せないように。

「うん！　ずっといっしょにいてね！」

そっと涙を拭って、ベイカーさんの顔を見つめる。そして、その嬉しそうな頬に軽くキスをした。

この行為を、後に私は大変後悔する……

この日からベイカーさんのしつこい構いすぎが始まったのである。

ミヅキー、どこ行く！　ミヅキこっち来い！　ミヅキ、必ず誰かといろよ！

心配の雨あられ……お前は、オカンか!!　と思わず突っ込みたくなるほどだった。

もう、ほっといて下さい!!

私が切れて大声をあげるのも日常茶飯事になった。

ベイカーさん大好きだけど、程々にしてね。

エピローグ

新しい従魔のシンクが仲間に加わって、私の周りは更に賑《にぎ》やかになってきた。

今日はベイカーさん、セバスさんと、前から約束していた魔法の訓練を行うため草原に来ていた。

「ではミヅキさん、使えるようになった魔法を見せてください」

セバスさんは周りに人が居ないことを確認すると、私に魔法を使うように指示をする。

「はい！」

私はとりあえず、最初に覚えた攻撃魔法である風魔法を使ってみた。

「かぜー」

——ドサッ！

森に生えていた木が二、三本、一気に倒れる。前にゴブリンを倒した時よりも威力が上がってるように感じた。

「は？」

なぜかベイカーさんがポカンと口を開けている。

なにかまずかったのか……と私は二人の様子を窺《うかが》うがなにも言ってくれない。

ならもう一回と、今度は少し強めに力を込める。

「かぜっ！」

——ドガザザッー！

さっきの倍近い木が倒れる。

どうだとセバスさん達を見ると……

「なにしてんだー！」

「なにしてるんですかー！」

二人は血相を変えて叫びだした！　な、なんで!?

威力がおかしいというので、とりあえずステータスを確認してみることになった。

さっそくステータスを開く。

《名前》ミヅキ
《職業》テイマー
《レベル》4↓25
《体力》73↓310
《魔力》10800↓32000
《スキル》回復魔法　水魔法　火魔法　土魔法　風魔法
《従魔》シルバ（フェンリル）シンク（鳳凰《ほうおう》）
《備考》愛《いと》し子　転生者　鑑定　癒《いや》し　？？？

あれ……なんか色々とすっごい上がっている。

【シルバ、なんか凄いレベルとか上がってるんだけど……なんで？】

【この前のゴブリン殲滅《せんめつ》の時のじゃないか？　ミヅキも自分で倒してたし、駆け抜ける時に俺もかなりの数を蹴散《けち》らしていたからな】

なるほど！　あの時か！

【あと……癒《いや》し？　って備考欄に出てるんだけどこれってなにかな？】

【癒《いや》し……】

シルバがうーんと考え込む。

【ミヅキがたまにやる回復魔法に似たやつじゃない？】

頭の上に乗っているシンクが答える。

【回復魔法？】

【いや回復魔法とは違う。体の傷を治すのではなく……心の傷を治す感じだ】

そんなことをした覚えのない私は首を傾げる。

シルバが言うと、シンクも分かるのかうんうんと勢いよく頷いている。

【えー？　そんなことしたっけ？】

やっぱり身に覚えがない。

とりあえず転生者のところだけは秘密にして、二人にステータスの変化があったことを説明する。

「ベイカーさん、セバスさんなんかレベルあがってる。レベル二十五になってた」

「は？　なんでそんなに上がるんだ？」

ベイカーさんは普通ではないレベルの上がり方に驚いている。

そこでシルバが言った通り、この前のゴブリン殲滅《せんめつ》のせいだと説明をした。

「そんなに倒したのか？」

「まってるあいだずっとたおしてました」

ベイカーさんがぎょっとして聞いてくる。私が言うと、なるほどと納得したようだった。

どうやら魔力の量が普通でないために長時間ゴブリンを倒せたらしい。

普通なら魔力が尽きて、そんな数は倒せないとか……

「きっちり黙ってろよ！」

また他の奴らには話すなと念を押された。

すみません……でも私、悪くなくない？

「威力が強すぎますね……人前で使うならその半分以下の力ぐらいでよさそうです」

しかも一回の攻撃力も高いらしい。なので私は魔法を弱く使うための練習をすることになった。

……そんな練習する人なんているのか？

「普通、魔法を抑えて使うなんてことはないんですがね」

「まったく！　ミヅキはこれだから目が離せん！」

セバスさんが苦笑し、ベイカーさんにまで呆れられる。

私は少しいじけて二人から離れると、勢いを抑えて、魔法を木に向かって放つ。

「かぜっ（弱）」

――シュン！

いい感じに木が一本倒れる。

どうだと二人を振り返る。ベイカーさんが頭の上に手で丸を作っていた。

よし！　このくらいの威力なら問題ないんだな。

私は今の感じを覚えてるうちにと思い、もう一度魔法を出そうと構えた。

するとシルバが近づいてきて、

【ミヅキ、魔物が現れたぞ】

そう教えてくれる。シルバの視線の先にはサイのような大きな体の魔物が見えた。

【まだこっちに気が付いていない。どうする？　俺が仕留めようか？】

シルバが私を守るように魔物に向き合う。

その時、シンクが羽ばたいて私達の前に出た。

【ボクやってみたい！】

【シンクはまだ本調子じゃないんでしょ？　大丈夫？】

【あれくらいの奴なら大丈夫だよ！】

生まれたばかりだし、心配……

しかし、問題ないと笑っているので、無理しないでねと、とりあえずやらせてみることにした。

私は練習を中断してベイカーさん達のもとまで戻り、魔物の存在について話す。二人はすでに気付いていたようで頷いている。

そこで、シンクが攻撃をしてみたいと言っていることを伝えた。

「大丈夫なのか？」

やはり二人とも心配そうにしている。

本人は大丈夫だと言っていることを更に伝えると、渋々頷き様子を見てくれるという。どうやらなにかあったらいつでも対応できるように話していたらしい。

シンクが魔物に近づいて行った。

まるで楽しむように軽やかに空を飛んでいると思った、次の瞬間……

【鳳炎】

――ゴォォォー！

魔物がいる辺り一面が炎に包まれた……

シルバが慌てて水魔法で周りの炎を消してくれる。そこには魔物が焼けた跡だけが残っていた。

野原だった場所が一瞬で焼け野原となってしまった。

「「「……」」」

私達三人は呆然とし、言葉を失う。すると……

「「ミヅキー！」」

「えーー!?」

ベイカーさんとセバスさんが急に隣にいた私を怒り出した！

いや、今のは私のせいじゃ断じてない！

しかしシンクにしっかり躾《しつけ》をするように、こっぴどく怒られてしまった。

あれで調子が悪いって、シンクの本調子ってどれくらいなんだろう？

ふと考えて私はブルッと震えた。

【シンク強すぎるよ！　もっと弱くて平気だって！】

【へへっ、ミヅキに見せるのに張り切っちゃった！】

可愛らしい……

ベイカーさん達に見えないようによしよしと撫《な》でておいた。

【かっこよかったけど、次はもう少し威力を落としてね】

困ったように笑うと、シンクは分かったと素直に頷いてくれる。シルバは私の隣で座って、呆れているような、でもどこか嬉しそうな顔で尻尾を振っていた。

うん！　やっぱりうちの子は可愛くって素直だ！

私は、シルバとシンクが愛しくて思いっきり抱きついた!!

Regina COMICS
自称 悪役令嬢な婚約者の観察記録。
1~4
シリーズ累計
35万部
突破!!
(電子含む)
原作=しき
漫画=蓮見ナツメ
Presented by Shiki & Natsume Hasumi
アルファポリスWebサイトにて
好評連載中!!
ついにギャフンされる時が…って、どうして
プロポーズされてますの!?
大好評発売中!!
＼異色のラブ(?)ファンタジー／
待望のコミカライズ!
優秀すぎて人生イージーモードな王太子セシル。そんなある日、侯爵令嬢バーティアと婚約したところ、突然、おかしなことを言われてしまう。
「セシル殿下! 私は悪役令嬢ですの!!」
……バーティア曰《いわ》く、彼女には前世の記憶があり、ここは『乙女ゲーム』の世界で、彼女はセシルとヒロインの仲を引き裂く『悪役令嬢』なのだという。立派な悪役になって婚約破棄されることを目標に突っ走るバーティアは、退屈なセシルの日々に次々と騒動を巻き起こし始めて――?
アルファポリス 漫画 検索
B6判 / 各定価:本体680円+税

この作品に対する皆様のご意見・ご感想をお待ちしております。

おハガキ・お手紙は以下の宛先にお送りください。

【宛先】

〒150-6008 東京都渋谷区恵比寿4-20-3 恵比寿ガーデンプレイスタワー 8F
（株）アルファポリス　書籍感想係

メールフォームでのご意見・ご感想は右のＱＲコードから、
あるいは以下のワードで検索をかけてください。

アルファポリス　書籍の感想　検索

ご感想はこちらから

本書は、「アルファポリス」（https://www.alphapolis.co.jp/）に掲載されていたものを、
改題、改稿、加筆のうえ、書籍化したものです。

ほっといて下《くだ》さい　～従魔《じゅうま》とチートライフ楽《たの》しみたい！～

三園七詩（みそのななし）

2020年 8月 5日初版発行
2020年 9月 4日２刷発行
編集－古内沙知・宮田可南子
編集長－太田鉄平
発行者－梶本雄介
発行所－株式会社アルファポリス
〒150-6008 東京都渋谷区恵比寿4-20-3 恵比寿ガーデンプレイスタワー8F
TEL 03-6277-1601（営業） 03-6277-1602（編集）
URL https://www.alphapolis.co.jp/
発売元－株式会社星雲社（共同出版社・流通責任出版社）
〒112-0005 東京都文京区水道1-3-30
TEL 03-3868-3275
装丁・本文イラスト－あめや
装丁デザイン－AFTERGLOW
（レーベルフォーマットデザイン—ansyyqdesign）
印刷－図書印刷株式会社

価格はカバーに表示されてあります。

落丁乱丁の場合はアルファポリスまでご連絡ください。

送料は小社負担でお取り替えします。


ISBN978-4-434-27640-8 C0093